© 2000 by
Editorial Buendia
Apartado de Correos 73
E-11140 Conil de la Frontera
E-mail: el_oso@airtel.net

Gestaltung und Layout:
Franz K. Theininger, CultureCodes, Vienna
Umschlag nach einem Motiv von Ingrid Irnberger
Herstellung: Libri Books an Demand

Printed in Germany
ISBN 3 - 8311 - 0684 - 3

Ingrit Seibert

Das Herz des Himmels

Roman

>BuenDia<

I.

Der alte Dichter saß, wie gewöhnlich zur Stunde der Abenddämmerung, im Schaukelstuhl auf der hölzernen Balustrade, die sein Haus umgab. Er liebte diese Stunde, die blaue Stunde, vor allen anderen Stunden des Tages und der Nacht. „L`heure bleu", murmelte er zärtlich, wiegte sich sanft im Schaukelstuhl und tauchte seine Fingerspitzen in den Rum, welcher in einem geschliffenen Glas schimmernd vor ihm stand. Er schüttelte die Hand über dem hölzernen Fußboden der Balustrade aus und murmelte: „Da, nehmt, trinkt, ihr Alten. Es soll nicht heißen, daß ich geizig sei. Haltet eure Hand über mich."

Er nahm ein Schlückchen Rum, das er genießerisch im Mund hin- und herrollte, bevor er dem sanften Feuer durch die Kehle in den Magen nachspürte.

Er liebte diesen Platz, der es ihm erlaubte, verdeckt vom altersdunklen Schnitzwerk des Vorbaus, der grotesken Komödie des Lebens, in welcher er längst schon keine Rolle mehr spielte, ungesehen beizuwohnen. Ja, eine groteske Komödie im großen und ganzen, eine absurde Seifenoper in unzähligen Kapiteln.

Wohl gab es immer wieder tragische oder rührende Momente, aber im Grunde war dieses Schauspiel Leben vor allem eines: komisch.

Seit diese Gringos in das Haus gegenüber gezogen waren, hatte sich der Unterhaltungswert der abendlichen Vorstellung entschieden gesteigert. Denn wo Gringos wohnen, laufen andere Gringos zu. Und an Gringos konnte der alte Dichter sich

nicht sattsehen. Gringos waren immer für eine interessante Abendvorstellung gut, da absolut unberechenbar. Sie taten die verrücktesten Dinge, als handle es sich um die selbstverständlichste Sache auf der Welt. Sie sprachen etwa mit dem Hund wie mit einem Kind, kochten extra Futter für ihn – und nicht vom schlechtesten. Der alte Dichter wußte das aus zuverlässiger Quelle, denn Mercedes, die Enkelin des Gärtners, arbeitete da drüben in der Küche. Die selbstverständlichen Tatsachen des Lebens hingegen schienen für Gringos keine Gültigkeit zu haben. So bekamen zum Beispiel Gringofrauen kaum je Kinder, und, weit entfernt davon, dies zu bedauern, wie das bei einer normalen Frau der Fall gewesen wäre – eine Katastrophe –, schienen sie diesen unnatürlichen Zustand zu schätzen und auf geheimnisvolle Weise dessen Fortdauer zu betreiben. Diese beiden Gringos dort drüben lebten allein in dem großen Haus und schienen sich dabei weder zu fürchten noch einsam zu fühlen. Götter und Geister schienen für sie nicht zu existieren. Und andererseits schien der Voodoo keine Macht über diese Fremden zu haben. Sie hatten einfach keine Angst. Dies irritierte den alten Dichter erheblich.
Ein leises Knarzen der Holztreppe riß ihn aus seinen Gedanken. Rosario? Er seufzte inbrünstig, denn er sah sich gezwungen, seinen Rum heimlich zu trinken. Seit nämlich der Doktor Isidro seiner Frau der Rücken stärkte, scheute diese sich nicht, sogar das Hauspersonal zu Spitzeldiensten gegen ihn heranzuziehen. Isidro, der alte Schwachkopf, wo der wohl sein Diplom gewonnen hatte? War beinahe so alt wie er und spielte immer noch den

Medizinmann. In unserem Alter, hatte er zu Isidro gesagt, ist man Patient. Du machst dich lächerlich vor den Jungen, hast keine Ahnung von all dem modernen Zeug und das Alte schon vergessen. Mir den Schnaps verbieten! Senil bist du, jawohl, gaga! Rosario aber, das Verräterweib, Doktor hin und Doktor her und er meint es nicht so, weiß nicht, was er sagt, und Sie wissen ja, die Künstler, Sie nehmen es ihm doch nicht übel, bla, bla, bla. Der alte Dichter schnaubte wütend. Er m e i n t e, was er sagte. Und wie! Isidro war ein Tattergreis. Widerlich, wie er mit den Fingerknochen knackte, was nur einer seiner zahlreichen Ticks war, mit denen er sich den Anschein von Wissenschaftlichkeit zu geben trachtete. Überhaupt Wissenschaft. Die reine Scharlatanerie. Wenn Sakpata, der Gott der Seuchen, anfing zu tanzen und roten Staub aufwirbelte, dann half einzig und allein eines: seinem Fetisch zu opfern, die Zeremonie durchzuführen und seinen Befehlen zu gehorchen. Wenn es wirklich ernst wurde, bat man den alten Gärtner um Hilfe. Kein vernünftiger Mensch würde dann auf Isidros wissenschaftliche Mätzchen vertrauen.
SIE natürlich fiel auf dergleichen herein. Und gegen SIE kam man nicht an. Nicht offen. Gegen dieses Weib gab es nur den Schutz der Lüge und der Täuschung.
Ach, wie war er dessen müde. Heucheln zu müssen vor einer Heuchlerin, die ihrerseits den größten Heuchlern der Menschheitgeschichte, nämlich den Pfaffen, unter den Rock kroch. Nun war ja Isidro nicht direkt ein Pfaffe, das nicht, aber sein Gewerbe – so wie der Jammerlappen es betrieb – baute wohl auch vor allem auf die Dummheit der

Leute. In seinem Fall also auf Rosario. Der alte Dichter stöhnte.

Drüben flammten die Lichter im Garten auf. Die Gringos hatten, kaum waren sie drüben eingezogen, Laternen und Scheinwerfer installieren lassen. Merkwürdige Idee. Als hätten sie es darauf abgesehen, beobachtet zu werden. Besonders diesen Swimmingpool neben dem Haus hatten sie hell beleuchtet wie eine Bühne. Nun, ihm sollte es recht sein.

Der alte Dichter griff nach der Rumflasche und goß sich, höchst konzentriert, um trotz seiner zittrigen Hände keinen kostbaren Tropfen zu verschütten, zwei Finger hoch von dem goldbraunen, schwer und süß duftenden Alkohol ein.

Da, die Gringa trat aus dem Haus und machte sich im Garten zu schaffen, trug Stühle hin und her, schob einen Tisch über die Terrasse – ein gräßliches Geräusch – und verschwand kurz im Haus um gleich darauf wieder aufzutauchen und ein Tischtuch über den Tisch zu breiten. Die abendliche Brise zupfte spielerisch an dem Stoff und die Gringa beeilte sich, ihn mit Steinen, die sie im Garten aufsammelte, zu beschweren.

Der alte Dichter schüttelte den Kopf. Gringos! Tischtücher und Opernmusik zum Essen und dazu Steine aus dem Garten auf dem Tisch. Bestimmt war auch ihr Essen, das sie mit Silberbesteck zerlegten, ungenießbar. Mercedes erzählte die abenteuerlichsten Geschichten aus der Küche drüben. Sie hatte das Essen für sich und den Gärtner zuzubereiten und der Gringa beim Kochen zur Hand zu gehen. Am ersten Tag probierte Merce natürlich von dem Zeug, das die Gringa unter ihrer Mithilfe bereitet hatte. Angeblich spuckte die Arme daraufhin buchstäblich Feuer und die Gringa hielt sich den Bauch vor Lachen. Merce hielt das für ein abgekartetes Spiel, damit sie sich nicht an dem Gringo-Essen vergreife, aber der alte Dichter fand, daß ungenießbares Essen durchaus in das Bild paßte, das er sich von den Gringos machte.

Die Gringa drüben schien nervös. Sie zog an dem Tischtuch, steckte sich eine Zigarette an, lief um den Tisch herum und ins Haus, kam wieder mit einem Glas, trank, setzte sich, sprang wieder auf, tötete die Zigarette ab, zupfte Unkraut, trank, marschierte auf und ab. Etwas Besonderes lag in der Luft. Bestimmt würde der alte Dichter heute etwas Interessantes geboten bekommen. Etwas, was ihn mit der Tatsache aussöhnen würde, daß die Gringa heute vollständig bekleidet auftrat. Normalerweise trug sie höchstens ein kurzes Hemd über dem Badeanzug. Meist nicht einmal das. Und manchmal, wenn er Glück hatte, trug sie nachts auch keinen Badeanzug. Dann gab es aber leider auch keine Beleuchtung im Garten. Einmal hatte er besonderes Glück gehabt. Das war ganz am Anfang gewesen, die Gringos waren gerade erst eingezogen.

Der alte Dichter war damals spät nachts, kurz vor dem Zubettgehen noch einmal hinaus auf die Balustrade getreten. Obwohl ihm der Kopf schon schwer war vom Rum, erweckte etwas im gegenüberliegenden Garten seine Aufmerksamkeit. Ein unterdrücktes Kichern? Ein leises Stöhnen? Im Haus brannte Licht, aber der Garten lag im Dunkeln. Er konnte das Wasser im Swimmingpool plätschern hören. Als schlüge jemand mit der Handfläche immer wieder aufs Wasser. Und diese seltsamen, unterdrückten Menschenlaute. Der alte Dichter verharrte regungslos, um das Schauspiel nicht zu stören. Plötzlich trat Stille ein. Zwei Gestalten tauchten mondbeschienen aus dem Wasser und bewegten sich auf das Haus zu: ein Mann und eine Frau. Nackt. Sie schämten sich überhaupt nicht. Sie hatten keine Angst.

Der alte Dichter dachte an Rosario, seine Frau, die er nie nackt gesehen hatte und er erinnerte sich nicht daran, je ein Bedürfnis danach verspürt zu haben. Aber nach jener ersten Nacht ... er hätte es niemals über sich gebracht, sie darum zu bitten. Das hätte ihr nur unnötig Macht verliehen über ihn, noch mehr Macht. Außerdem war dergleichen damals nicht üblich gewesen und war es wohl auch heute nicht. Immerhin war sie seine Ehefrau, die Achtung verdiente. Wie hätte er diese zukünftige Mutter, Großmutter und Urgroßmutter durch lüsterne Blicke entweihen können! Für diese Dinge gab es schließlich die süßen Pollitas, die Chicas, die Hürchen. Und selbst die, erinnerte er sich, ließen sich nicht gerne nackt betrachten. Sie schämten sich, empfanden wohl vage das Häßliche ihrer Entblößtheit und das Häßliche des Blickes. Sie schämten sich nicht für den Akt, aber selbst die Abgebrühteste schämte sich vor dem Blick. Denn das Geschlecht der Frau ist scheußlich und schön zugleich, wenngleich diese Schönheit nur mit der Lust sich zeigt. Abstoßend und anziehend, scheußlich und unwiderstehlich... Wahrscheinlich ahnen das die Frauen und machen darum ein

Geheimnis daraus, das Beste, was sie daraus machen können.

Der alte Dichter schüttelte den Kopf. Falsch, murmelte er. Sieh dir nur die Gringas an! Die zeigen sich gerne. Und Frauen sind schließlich überall Frauen.

Manchmal drang ein fernes Echo dessen, was die Frauen da drüben im fernen Europa trieben, bis zu ihm in die tropische Provinz vor. Kumpane aus längst vergangenen Zeiten, den Zeiten seiner langen, weiten Reisen, hatten ihm davon erzählt, hatten in ihren Briefen von den neuen Sitten geschwärmt. Dort drüben in Europa ...

Seine Freunde waren nun alte Männer wie er selbst und kaum noch in der Lage, die weite Reise über den Atlantik anzutreten, um ihn hier zu besuchen. Doch einige wenige kamen immer noch. Und wenn er mit ihnen allein war, erzählten sie, was dort nun alles gezeigt wurde. In jedem Kino. Sogar im Fernsehen. Worüber sie einst erhitzte Phantasien gesponnen hatten, war nun angeblich für jeden zu haben. Dort drüben in Europa ...

Und sie brachten Hefte mit Bildern. Die steckten sie ihm heimlich zu und er beeilte sich, die verbotenen Früchte im Gärtnerhaus in Sicherheit zu bringen, um sich bei günstiger Gelegenheit daran zu delektieren.

Warum schämen wir uns so vieler Dinge, fragte er sich. Die Gringos leben in den Tag hinein und denken garnicht daran. Und da wir uns dauernd schämen, behandeln sie uns als Minderwertige, bis wir jeden Rest von Selbstvertrauen verlieren und tatsächlich minderwertig werden. Dann haben sie uns da, wo sie uns haben wollen. Und wir haben

Angst. Wir brauchen unsere Götter und Geister zum Überleben.

Ein vertrautes Motorengeräusch riß den alten Dichter aus seinen Gedanken. Der Gringojeep quälte sich den Weg hinan. Gleich würde er um die Ecke biegen und vor der Einfahrt gegenüber halten. Dieser Weg glich eher einem trockenen Flußbett und war in Wirklichkeit kaum kraftfahrzeugtauglich. Ein Skandal, der längst zur Gewohnheit geworden war. Keiner der Anwohner mochte sich dazu aufraffen, den Weg wenigstens notdürftig instand zu setzen. Der alte Dichter selbst hatte einmal einen Beamten der Stadtverwaltung auf das Problem hingewiesen. Der Mann hatte nur die Achseln gezuckt und erklärt, es gäbe in dieser Stadt Wege in viel schlimmerem Zustand, zumeist in sehr viel dichter besiedelten Stadtvierteln.

Die Gringa hatte das niedrige, hölzerne Gartentor geöffnet und der Jeep war die asphaltierte Einfahrt hochgefahren und hatte vor dem Haus gehalten. Der Gringo sprang aus dem Auto und beeilte sich, den gegenüberliegenden Wagenschlag zu öffnen. Heraus stieg – der alte Dichter beugte sich interessiert nach vorne – eine zweite Gringa. Die beiden Frauen gaben einander die Hand. Der alte Dichter hörte sie in ihrem häßlichen, harten, unverständlichen Idiom miteinander reden.

Die Gringos schienen dem alten Dichter schon aus dem einfachen Grunde ein wenig dumm, da sie die spanische Sprache scheinbar kaum verstanden und noch weniger zu sprechen imstande waren. Wie fast alle seine Landsleute hielt er Spanisch im Grunde für die einzig natürliche menschliche Ausdrucksweise und jede andere für ein ebenso künstliches wie quälerisches Konstrukt, eine wahre Geißel für das arme Volk, das mit ihr geschlagen war.

Dem Ton ihrer Stimmen war zu entnehmen, daß die beiden Frauen die offenbar auch bei Gringos üblichen Höflichkeitsfloskeln austauschten. Sie sah nicht übel aus, die Neue, fand der alte Dichter. Alle Gringas sahen immer ein bißchen wie aus dem Fernsehen aus. Groß und schlank und blond. Helle Haut und helle Augen. Sie glichen einander alle auf geheimnisvolle Weise. Ob ihr Haar nun hell war oder dunkel. Sie alle sahen nach Geld aus.

Einen richtig armen Gringo konnte man sich kaum vorstellen. Meistens kamen sie aus Europa. Natürlich wußte der alte Dichter von seinen ausgedehnten Reisen, daß es dort auch arme Gringos gab. Verhältnismäßig arme, denn ein Armer dort war immer noch König hier. Aber die blieben zuhause. Hierher, wo es so viele wirklich Arme gab, kamen sie jedenfalls nicht.

Die hierher kamen, hatten Geld und wenn sie wieder heimfuhren, hatten sie noch mehr.

Der alte Dichter nickte grimmig vor sich hin und starrte in die goldrosa Abendwölkchen. Die Gringos halten uns für Wilde, halbe Tiere oder bestenfalls Kinder. Vielleicht haben sie recht, überlegte er. Sie jedenfalls wollten Herren sein und bleiben, also müssen wir Tiere bleiben. Sehr wahrscheinlich leitete sie im Grunde das menschliche Bedürfnis, sich über andere erhaben zu fühlen, über uns Steinzeitmenschen. Sie hatten keine Ahnung vom Voodoo und nahmen ihren Christengott scheinbar auch nicht besonders ernst. Sie glaubten an Isidros Wissenschaft. Irgendwann würden sie die Götter dermaßen erzürnen, daß Shango sie mit einem Blitz niederstrecken würde. Man mußte auf der Hut sein in der Nähe von Gringos.

Eben hob der Gringo einen Koffer und eine große Reisetasche aus dem Wagen und machte Anstalten, das Gepäck ins Haus zu schleppen. Es handelte sich also nicht einfach um eine Einladung zum Abendessen, wie er aus den Vorbereitungen der Gringa auf der Terrasse geschlossen hatte. Die Neue würde eine Zeitlang bleiben. Das versprach eine wesentliche Bereicherung seiner Abendstunden.

Der alte Dichter lehnte sich zufrieden in seinem Schaukelstuhl zurück und nahm einen tiefen Schluck aus dem Glas. Die Gringos drüben waren im Haus verschwunden. Er stellte sich vor, wie die Gringa der Neuen das Gästezimmer zeigte, wie der Gringo ihr einen Drink anbot ...

Die kleine, rundliche Mercedes begann auf der Terrasse den Tisch zu decken. Das hatte ihr die Gringa beigebracht. Merce hatte den Sinn dieses Rituals erst nicht ganz einzusehen vermocht, bis im Fernsehen dergleichen in irgendeiner Telenovela gezeigt wurde. Merce war daraufhin ganz stolz und beeindruckt gewesen und hielt sich wohl seither auch für eine Art Gringa. Sie arbeitete gerne dort drüben und hatte es sich in den Kopf gesetzt, die Gringa, ihre Herrin, vor dem Zorn der Götter zu retten. Ihm sollte es recht sein.

Die morsche Balustrade ächzte im Halbdunkel. Rosario, dachte er. Es raubt ihr den Frieden, mich hier ruhig sitzen zu wissen. Es ist nicht nur wegen des Schnapses. Sie haßt meine Gedanken, die sich ihrer Kontrolle entziehen.

Er griff nach der Rumflasche, schwang erstaunlich behende im Schaukelstuhl zurück und deponierte sie hinter einem Blumentopf – eine gelassene, routinierte Bewegung. Natürlich konnte es der Alten nicht entgehen, daß er trank, wenn er hier seine Dämmerstunde verbrachte. Aber sie legte es darauf an, ihn in flagranti zu ertappen. Sie hatte viel Sinn für theatralische Momente. Dabei rechnete sie offenbar nicht mit seiner Verbündeten, der alten Balustrade. Oder sie hielt ihn für taub. Oder sie selbst war taub.

Sein Trinken störte sie, weil sie es als letzten Akt der Selbstbehauptung ansah. Es widersprach in keiner Weise den Konventionen ihrer törichten Gesellschaft. Daß er trank, um den Göttern nahe zu sein, wäre ihr niemals eingefallen. Obwohl bei ihren kindischen katholischen Messen auch Wein im Spiel war. Nein, er sollte nicht trinken, weil Rosario es nicht gestattete. Punktum.

Gleich würde sie neben ihm auftauchen, ihn wie jeden Abend fragen, ob er etwa eingeschlafen sei, warum er nicht endlich herunterkäme, es sei an der Zeit, sich umzuziehen, ob er vergessen habe, wer heute zum Abendessen erwartet würde, ob er sich denn nicht freue, diesen oder jenen zu sehen ...

Ja, er freue sich, ja, er komme gleich, antwortete der alte Dichter. Es ist noch nicht einmal halb sechs, protestierte er gegen das Entzünden der Lichter auf der Balustrade. Laß mir mein blaues Stündchen, Rosario, nur noch in Weilchen. Ich sitze hier und träume, verstehst du? Mit ihrer klagenden, kleinen Greisinnenstimme plapperte

Rosario vor sich hin, während sie die knarrende Holztreppe vorsichtig wieder hinuntertappte: „Träumen, als ob ich das nicht wüßte, wo er immer einschläft da oben wie ein Tattergreis, wie ein Säugling, einschläft und ich weiß dann nicht, wie ich ihn wieder wachkriege, schläft so fest, schläft störrisch. Kein Wunder, wenn er so nach Rum stinkt. Umbringen wird ihn die Sauferei, jawohl umbringen, das sagt der Doktor Isidro, auf mich hört er ja nicht…"

Ein paar Takte Musik wehten von drüben herauf. Eine heitere, gemessene, anmutige, hier durch und durch fremde Musik. Eine perlende, betörende Stimme sang: „La ci darem la mano…"

℘

II.

Da sind sie. Ihre fröhlichen Stimmen, ihr frisches Lachen auf der Terrasse. Sie rütteln an der Tür, die Julia verschlossen hat. Wovor hat sie Angst? Die beiden lächeln ihr zu und stürmen durchs Haus wie junge Pferde.

„Ich gehe ins Wasser!" ruft Florian.

„Ich komme mit."

Charlotte atmet schnell, mit roten Wangen unter der weißen Haut.

„Was kochst du Gutes, Julia?"

Sie läßt ihre Tasche in der Sala fallen und läuft nach draußen. Julia schneidet Zwiebel und ihren kleinen Finger. Wasser steigt ihr in die Augen. Sie legt den Kopf in den Nacken. Obwohl sie diesmal darauf vorbereitet war, ist sie wieder erschrocken. Wieder hat sie einen Augenblick lang ihren Augen mißtraut, an ihrem Verstand gezweifelt. Es ist nicht möglich.

„Meine Kollegin Charlotte ...", so hat Florian sie vorgestellt, achtlos und nebenbei, als handle es sich um eine alltägliche Bekanntschaft. Er hat nichts bemerkt. Charlotte selbst ... Julia ist nicht sicher. Wie seltsam gespannt die andere war, vom ersten Augenblick an. Wie sie ihren Blick in Julias Augen versenkt hat. Wie genau sie sie beobachtet hat. Aber erschrocken war die nicht. Eher als hätte sie dergleichen erwartet und sich gut darauf vorbereitet. Heute haben Florian und Charlotte zum ersten Mal miteinander gearbeitet. Sie sind verschwitzt, müde und zufrieden. Und sie sprühen Funken.

Julia preßt Limonensaft in ein hohes Glas, füllt es
mit Eis und weißem Rum. Sie trinkt.

Das Haus steht hellerleuchtet und leer. Nur Julia in
der Küche. Hinter ihrem Rücken dampfen und
pfeifen die Töpfe. Sie sagt sich laut die Rei-
henfolge der zu verrichtenden Handgriffe vor. Sie
verwirrt sich. Die Arme hängen an ihrem Körper
wie an einer Gliederpuppe. Der Essensdampf zieht
aus der Küche durch das Haus. Hat der Hund
schon gefressen? Die Katzen müssen Milch haben.
Der Küchenfußboden ist schmutzig. Der Salat muß
gewaschen werden. Sie lachen wie aus einem
Mund. Sie lachen füreinander.

Julia trinkt. Die eiskalte, saure und glühende
Flüssigkeit rinnt ihr durch die Kehle in die
Fingerspitzen, in die Zehenspitzen. Sie weiß, daß
das nichts ändert, sondern alles noch schlimmer
macht. Aber auch erträglicher. Das hohe, kalte
Glas ist eine Lust und eine Zuflucht. Es ist
verboten, aber heute ist alles erlaubt. Heute wird
keiner auf sie achten.

Zwiebeldampf ballt sich in der Küche. In den
heiteren Himmel ist dieser Nachtmahr geschneit.

Sie arbeiten zusammen. Julia kocht und trinkt.
Warum kocht sie? Sie ist nicht hungrig, nur
durstig. Die beiden wären lieber anderswo. Die
haben einen anderen Hunger. Warum also kocht
sie? Warum hört sie nicht auf zu funktionieren?

Julia trinkt. Vielleicht ist alles garnicht wahr. Der
dumpfe Küchengeruch klebt an ihr, strähnt ihr das
Haar, dringt in sie durch ihre Poren. Sie betastet
das Gesicht mit den Händen. Es ist nicht mehr so
hübsch wie es einmal war. Der Alkohol hat es

aufgeschwemmt. Sie weiß es, ihre Finger fühlen es.

Sie trinkt. Vielleicht ist alles garnicht wahr.

Musik plärrt vom Nachbargrundstück herüber. „Siebzehn Rosen für Emilia". Die wird noch eines Tages Augen machen, diese Emilia. Wird sich ihre siebzehn Rosen sonstwo hinstecken.

Julia zieht einen Hocker unter sich. Ihre Knie geben nach. Sie beugt sich weit vor und läßt den Kopf zwischen den gespreizten Beinen baumeln. Warum sie in ihren blöden Liedern andauernd Liebe und Herz im Maule führen? Vielleicht, weil es anderswo gebricht? Vögeln können sie nicht, die Einheimischen, hat Julia gehört. Alles ginge ganz schnell und kunstlos im Finstern ab. Das fehlte ihr noch. Nicht einmal einen Liebhaber gibt es in diesem verfluchten Land. Es ist zum Heulen. Sie heult.

Die siebzehn Rosen riechen nach verbranntem Fleisch. Sie übertönen die Grillen und das Lachen der beiden. Oder lachen sie schon nicht mehr? Noch gehen sie aufeinander zu, noch haben sie einander nicht erreicht. Erwartungsvoll, ahnungsvoll, diese schöne Unruhe.

Julia kauert im Zwiebelnebel. Sie muß sich fassen. Sie muß nach draußen gehen. Sie muß sie sehen.

Ihr Blut ist so warm wie die Nacht. Sie preßt das eisige, schwitzende Glas an die Schläfen. Aufstehen, die stinkende Küche hinter sich lassen, funktionieren.

Eine stille Nacht. Wie verlassen liegt der Pool im Scheinwerferlicht. Sanfte Wellen klatschen an den Beckenrand. Ein schwarzer, gleichgültiger Himmel hängt über der Szene.

Fast hätte Julia sie übersehen, so still ist es, so weit entfernt sind sie. Zwei reglose Menschen, einander zugewandt. Vielleicht sprechen sie auch zueinander, leise. Wie bewußt sich die beiden Körper sind. Jeder Atemzug mühsam gezügelt. Nur ein wenig Wasser zwischen ihnen wie das Verlangen, das sie verbindet und trennt. Sie atmen und sehen sich an und wenden schnell den Blick ab. Sie sprechen mit dunklen, zärtlichen Stimmen von gleichgültigen Dingen. Sehen sie Julia nicht, die am Rande des Schwimmbeckens steht?

Es ist eine schwüle Nacht, die sich kaum atmen läßt. Heiß und feucht duftend nach künftigem Regen, nach Erlösung.

Julia steht und starrt das Bild an, das sie immer schon erwartet hat. Es ist an einem Dienstag, Ende Dezember, neunzehn Uhr fünfzehn in einem armen, kleinen tropischen Land. Drei Menschen an einem Pool. Die Uhr bleibt stehen.

„Ach, kommst du auch schwimmen?" ruft Florian. „Wie vernünftig!"

„Bei dieser Hitze…", sagt Charlotte mit vibrierender Stimme. Sie lösen sich nicht sofort voneinander. Sie haben noch nichts zu verbergen.

Also streift Julia die Kleider ab, bevor sie mit einem wütenden Satz ins Wasser springt. Sie pflügt Bahnen auf und ab, spürt die Kühle nicht. Dieses Affentheater, dieses lächerliche Affentheater. Warum zwingt man sie, dabei zuzusehen?

Jetzt haben die beiden sich getrennt. Blind möchte sie sein. Charlotte sagt etwas und beide lachen. Sie stemmt sich am Beckenrand hoch, den kräftigen, weißen Körper ins Scheinwerferlicht. Sie ist attraktiv, Charlotte. Sie spürt die Blicke in ihrem

Rücken und lacht wieder, strafft sich, zeigt sich. Florian schwimmt herbei, wie von Fäden gezogen. Weiße Haut und schwarzes Haar, eine Sekunde, zwei, drei. Sie läßt sich wieder ins Wasser zurückgleiten.

So macht man das. Genauso würde Julia das machen. Genauso hat sie das gemacht, früher. Damals. Als sähe sie sich selbst zu. Sie meint, jeden Gedanken hinter dieser weißen Stirn zu kennen. Es sind ihre eigenen Gedanken.

Dieses ist ihr Leben, Julias Leben. Der Mann darin ist wie das Blut in ihren Adern. Ihr Blut, ihr Leben. Dafür wäre sie zu töten bereit gewesen. Bedenkenlos. Sie wird es verteidigen, gegen wen auch immer. Wer es ihr nehmen will, ihr Blut, ist ein Vampir. Also wird sie kämpfen müssen, bis zum Schluß. Notwehr, sie muß sich doch verteidigen, kann sich doch nicht so einfach schlachten lassen. Nein, Julia ist kein Opfer. Ihr Blut wird es nicht sein, das fließt.

Sie zieht ihre Bahnen ohne zu zählen. All der Schmerz im Namen der Hormone. Hormone, was sonst, lassen uns lächerlich werden und gemein. Und zu allem entschlossen. Aber dies Wissen wird ihr nicht weiterhelfen. Es gibt nur mehr eine Richtung: vorwärts.

Eine erschreckte Fledermaus irrt zickzack durch den Lichtkegel. Charlotte schreit auf, ein rauher, erregter Schrei. Florian legt ihr die Hand auf die Schulter, beruhigend, beschützend.

„Nur eine Fledermaus", sagt er. „Harmlos und nützlich. Es gibt sehr viele hier ..."

Ein Mann, der der Wildnis ihren Schrecken nimmt. Charlotte blickt dankbar auf.

Ganz nahe in der Nacht heult eine Sirene los. Charlotte weitet die Augen und flüstert atemlos. Immer noch liegt seine nasse Hand auf ihrer nassen Schulter. Er schüttelt den Kopf und lacht. Wieder zieht sich Charlotte am Beckenrand hoch, ihre Hinterbacken dicht vor Florians Gesicht. Dieses milchweiße, runde Fleisch, naßglänzend im künstlichen Licht. Das geheime Fleisch, das er unter dem Trikot errät, und schwarzes, lockiges Haar. Er atmet ihren Geruch, einen schwachen, nur ihm wahrnehmbaren Duft.

Julia meint, all dies schon einmal gesehen, schon einmal erlebt zu haben. Sie weiß, wie die Geschichte weitergeht. Ihr ist, als sähe sie einen längst bekannten Film. Sie kennt den Text, kennt jede Bewegung zuverlässig.

Julia schwimmt unermüdlich. Sie sollte einfach aus dem Wasser steigen, in irgendeine Bar gehen, sich den nächstbesten Kerl mit nach Hause nehmen. Ins Bett nehmen, jawohl, vor aller Augen. Das hätte sie dort getan, in ihrem Land, in ihrer Stadt, überall auf der Welt – außer in diesem lausigen Land, wo es nicht einmal Männer gibt. Wo die Kerle Kinder machen statt Lust und Liebe.

Und nun muß sie dem Spiel der Lust der anderen zusehen. Eine Tigerin steigt ihr aus dem Bauch in den Kopf und reißt ihren Schlund auf, sodaß ihre mächtigen Fangzähne blitzen.

Florian schwingt sich aus dem Wasser, sehr dunkel, groß und kräftig. Er bewegt sich mit jener gespannten, überbewußten Natürlichkeit der Schauspieler auf einer Bühne. Er sieht sich in den Augen der Frauen. Der Frau.

Wieder jault die Sirene auf, ganz nahe. Charlotte hält sich die Ohren zu. Sie hängt am Beckenrand und folgt Florian mit den Augen. Er bückt sich, greift nach einer Hantel und stemmt sie hoch und hoch und hoch und hoch. Seine Muskeln spielen und spiegeln sich in den unruhigen, dunklen Augen, die zu ihm aufschauen. Ihre Lippen öffnen sich, als wolle sie das Bild einsaugen.

Julia hält im Schwimmen inne. Hoch und hoch und hoch und hoch, endlos. Vielleicht ist alles garnicht wahr. Wasserperlen gleiten an seiner glatten Haut hinab. Jetzt treten die blauen Adern an den Schläfen hervor. Sie sieht das nicht, sie weiß das. Hundertemale hat sie ihn so gesehen.

Diese Nacht ist schwarz und kennt keine Sterne. Der müde Mond hat sich mit Wolken verschleiert. Ein erschrockener Vogel schreit in die Stille. Keine Grille wagt einen Laut.

Hoch und hoch und hoch und hoch. Julia meint, seine Knie zittern zu sehen. Wie sich sein Kopf rötet unter der dunklen Haut. Er muß jetzt aufhören, sonst verdirbt er alles.

Florian läßt die Hantel zu Boden sinken, ächzt und lacht. Auch Charlotte lacht ein wenig.

Vielleicht ist alles garnicht wahr.

Die beiden Frauen steigen gemeinsam aus dem Wasser.

„Phantastisch!" sagt Charlotte.

„Was?" fragt Julia.

„Märchenhaft ist es hier!"

„Ja. Märchenhaft. Das stimmt."

Charlotte windet ihr Haar aus. Ihre Bewegungen sind wohlkalkuliert. Sie weiß, was sie präsentiert. Einen schlanken, kräftigen, wohlproportionierten

Körper, weitausgreifende, elegante, ungezierte Bewegungen, ihr ausdrucksvolles Gesicht, ihre kaum gezügelte Vitalität. Aber Florian hat sich ins Badezimmer zurückgezogen und kann sie nicht sehen. Julia folgt ihm und zieht die Türe hinter sich zu.

„Was ist denn los?" fragt Florian in den Spiegel.

„Wieso?" Julia sehnt sich nach einem Drink.

„Sag schon!"

„Was soll ich sagen?"

Ein hohes Glas voll Rum. Eis und Zitrone, Droge, die die Sinne entschärft und Schlaf schenkt.

Florian seufzt. „Du weißt es ganz gut."

Er streift seine Badehose ab und frottiert sorgfältig den Unterleib. Julia betrachtet ihn. Er bewegt sich sachlich und ohne Scham. Er bewegt sich, als wäre er allein im Raum.

„Ich wünschte", sagt Julia.

Sie spricht nicht weiter. Florian fragt nicht nach. Das Verlangen nach Alkohol überschwemmt sie wie eine Welle. Sie muß warten, bis das abflaut, bevor sie einen neuen Anlauf nehmen kann. Wenn sie das will. Oder einen Drink.

„Warum ziehst du so ein Gesicht?" sagt Florian.

Julia betrachtet sich im Spiegel. Verschwommen scheint ihr Gesicht, verschwollen. Du mußt dich entscheiden, hat er gesagt, ob du trinken willst oder schön sein.

„Was für ein Gesicht", sagt Julia.

Florian sieht sie an. Er ist ärgerlich, er ist nervös.

„Bitte, Julia. Nicht wieder dieses Spiel. Etwas ist los mit dir. Ich will, daß du es mir sagst."

Julia betrachtet den gefließten Fußboden. Grüne, blaue, graue Steinchen. Sie versucht, Muster darin zu entdecken, Regelmäßigkeiten. Sie sieht einen Mann im blauen Overall auf dem Boden knien und die Fließen darauf verteilen. Drei blaue, dann eine grüne, eine graue. Oder hat er wahllos in die Kiste gegriffen und sein Werk dem Zufall überlassen?

„Ich wünschte", sagt Julia geistesabwesend.

„Ja?"

Sie zögert, sucht nach Worten. Wenn sie nur etwas zu trinken hätte oder zumindest eine Zigarette.

„Ich kann mich nicht entsinnen, wann du ..."

Sie stockt.

„Ja?"

„Wann du mir ... Ach, laß mich zufrieden."

Julia wendet sich zum Gehen. Vielleicht ist alles gar nicht wahr.

„Wann ich dir was? Sag es mir!"

Seine Stimme dringt in sie, aber seine Hände berühren sie nicht. Julia holt tief Atem. Sie wird es sagen. Sie wird alles verderben. Sei´s drum.

„Wann du mir zuletzt... so nahe... gewesen bist... wie ihr."

Florian ist laut empört. Genau so etwas hat er sich gedacht. Er kennt sie doch. Kennt ihren Wahn. Jawohl, Wahn. Sie sieht nur, was sie sehen will. Wie ungerecht sie ist. Sie macht ihm das Leben zur Hölle, wegen nichts, nichts, nichts. Was genau hat sie ihm denn vorzuwerfen. Lächerlich, lächerlich und ungerecht. Sie möge sich doch bitte ein wenig zusammenreißen. Ob sie denn glaube, daß irgendeine Frau in der ganzen Kolonie soviel gevögelt werde wie sie. Fast täglich. Täglich! Na eben.

Als Julia die Badezimmertür öffnet, prallt Charlotte vor ihr zurück. Sie saugt erschrocken Luft ein.

„Ich wollte mich nur umziehen ..."

„Bitte", sagt Julia. „Hoffentlich wartest du nicht schon lange."

Draußen ist Wind aufgekommen. Er trägt das flache Knattern eines Feuerwerks, das in der Nachbarschaft abgebrannt wird, und schluchzende Musikfetzen. Wenn er nur Regen brächte, einen Sturm, der alle Lieblichkeit und Blüten und Blätter wütend zu Paaren triebe, einen mächtigen grauen Vorhang über die Welt legte und Mensch und Tier zitternd in die Löcher jagte!

Rauch von verbrannten Zwiebeln füllt das Haus. Julia spürt vorwurfsvolle Blicke in ihrem Rücken. Sie gießt Wasser in den qualmenden Topf.

„Julia? Meinst du nicht, daß du zuviel trinkst?" fragt Charlotte hinter ihr.

„Nein. Zuwenig. Es schmeckt nämlich märchenhaft."

Julia greift nach einem Glas und gießt sich ein. Zitronensaft. Eis. Rum. Ja, märchenhaft, ganz recht.

Charlotte bittet um ein Glas Wasser. Und Julia soll sich wegen des verbrannten Essens nicht grämen, es würde sicher fabelhaft schmecken. Julia ist eine wunderbare Hausfrau, wie sie das schafft. Wirklich!

„Märchenhaft", sagt Julia.

Charlotte ordnet ihr Haar, als habe sie Augen an den Fingerspitzen. Wieder schluchzen die siebzehn Rosen laut durch die Nacht. Julia verdreht die Augen.

„Oh, mir gefällt das sehr", sagt Charlotte. „Die Menschen hier sind so romantisch und dazu so pathetisch – so, wie eine Frau in Wahrheit geliebt werden will ..."

Aus der Sala dringen gemessen und feierlich die ersten Takte der Wassermusik. Charlotte wendet sich lächelnd zum Gehen.

„Wenn ich dir helfen kann…"

„Du kannst. Hilf Mercedes beim Auftragen."

Während des Essens erzählt Charlotte aus ihrem Leben. Einmal hat sie sich eine Glatze schneiden lassen. Einfach so, um zu erfahren, was das für ein Gefühl sei. Florian ist amüsiert. Julia stochert im Essen. Kein Friseur hat Charlotte diese Glatze schneiden wollen. Bei dem schönen Haar! Florian nickt. Und dann, dieses Gefühl war absolut irre!

„Märchenhaft", sagt Julia.

Den eigenen Kopf erleben, den Schädel, absolut irre. Florian ißt, ohne den Blick von ihr zu wenden. Und in der Metro, diese vibs!

„Diese was?" fragt Julia.

„Vibs", wiederholt Charlotte. „Vibrations." Sie lächelt.

Die spürt man ganz stark, wenn man so sensibel ist wie Charlotte. Unglaublich war das und es hat sie verletzt. Florians Blick wird weich. Was Äußerlichkeiten ausmachen!

Ihr – damaliger! – Freund wollte sich von ihr trennen! Florian schüttelt ungläubig den Kopf. Wegen der Glatze! Ihre Eltern haben sie verstoßen, fast! Sie hätte keinen Job mehr gefunden, beinahe! Charlotte ordnet liebevoll ihre schwarzen Locken.

„Warum hast du es eigentlich getan? Ich meine, warum um alles in der Welt läßt sich ein Mensch eine blöde Glatze schneiden?" fragt Julia.

„Nicht blöde!" sagt Charlotte und sieht Florian an.

„Sie wollte eine neue Erfahrung machen", sagt er. „Sie wollte die Reaktion der Gesellschaft auf etwas

Ungewohntes testen. Das Ergebnis hat sie erschreckt."
„Vielleicht hast du einfach Läuse gehabt,
nichtwahr?"
Charlotte lacht laut auf.
„Julia, bitte", sagt Florian.
Julia steht auf.
„Ich bin nicht hungrig. Ich hole mir einen Drink."
Charlotte und Florian tauschen einen Blick. Sie
werden sich bald zurückziehen, jeder für sich,
vorerst. Der morgige Tag wartet wie ein Versprechen. In der Glatzenfrage sind sie sich einig
und alles andere wird wie von selbst folgen. Aber
vielleicht ist ja alles garnicht wahr.

∽

III.

Der alte Dichter saß auf seinem abendlichen Ausguck und atmete schwer. Die hinter ihm liegenden Weihnachtsfeierlichkeiten machten ihm zu schaffen: essen, trinken, nochmals essen und selbstverständlich trinken. Zuhause, bei den Kindern, den älteren Enkelkindern. Immerzu essen und trinken, um niemanden zu beleidigen.

Alle Jahre wieder erfaßte ihn ums Jahresende eine merkbare Depression. Jede Bewegung, jedes Wort strengte ihn dann an. Dieser Lärm, dieses Geschrei, dieses Getue um die Geschenke!

Man riß ihn gnadenlos aus seinen Gewohnheiten und zwang ihn in eine ekelhafte, künstliche Feierlaune.

Es tat ihm leid um die vergeudete Zeit. Tagelang war es ihm nicht vergönnt gewesen, seine Position auf der Balustrade zu beziehen. Er hatte keine Ahnung, was bei den Gringos drüben vorgegangen war. Er würde Mercedes befragen müssen. Das Mädchen hatte unlängst den Verdacht geäußert, jemand habe den bösen Blick auf ihre Gringa geworfen. Oder meinte sie, sie habe den bösen Blick? Welche Gringa nun? Er mußte Merce bei nächster Gelegenheit genau befragen. Mit dem bösen Blick war nicht zu spaßen.

Der Gringo hatte das Haus täglich nach Sonnenaufgang verlassen – in Begleitung der neuen, der schwarzhaarigen Gringa – und war vor Sonnenuntergang mit ihr zurückgekehrt. Soviel stand fest, wenn er auch nicht genau wußte, ob dies wirklich jeden Tag geschehen war.

Die Flasche Rum hinter dem Blumentopf war verschwunden. Er würde sich völlig neu organisieren müssen. Immerhin – ein Gutes hatte dieses verfluchte Weihnachten diesmal mit sich gebracht: Jaime, sein Ältester, hatte ihm ein Fernglas geschenkt. Für die Jagd, wie er sagte. Als ob in seinem Alter an Jagd auch nur zu denken wäre. Andererseits ... was ist Jagd anderes als Tiere aufspüren ... sind wir nicht alle Tiere?

Drüben lag die Gringa, die blonde, unbeweglich am Rande des Pools. Sie war nackt, bis auf drei Stoffdreiecke, die das allernötigste bedeckten. Der alte Dichter beschloß, daß der Moment gekommen sei, das Fernglas einzuweihen.

Langsam glitt er über die Rundungen und Buchten ihres Körpers, verweilte in tieferen, dunklen Schluchten und fluchte laut über das störende Textil. Zwar war die Haut der Gringa abstoßend dunkel, weil sie den größten Teil des Tages reglos unter der prallen Sonne verbrachte, aber sie war doch straff und prall und samtig. Eine Haut, die betastet und beleckt werden wollte.

Da – die neue Gringa, die mit dem schwarzen Haar, trat auf die Terrasse. Sie war wirklich nackt, splitternackt, noch nackter als nackt, denn ihre strahlend weiße Haut ließ die dunklen Brustwarzen und das Dreieck ihres Schamhaares noch deutlicher hervortreten. Der alte Dichter fühlte sich versöhnt mit Weihnachten.

Die nackte Gringa wollte beobachtet werden. Man konnte es daran merken, wie sie den Bauch einzog, Brüste und Hinterbacken anspannte, an ihren langsamen, wohlkalkulierten Bewegungen. Sie schlenderte scheinbar absichtslos um den Pool herum. Der alte Dichter mochte wetten, daß die Blonde sie hinter heruntergelassenen Augenlidern betrachtete, wenn auch ihr Kopf von ihm abgewandt war.

Die Schwarze indessen federte weich in den Knien und schoß sodann wie ein Pfeil kopfüber ins Wasser. Der alte Dichter pfiff bewundernd zwischen den Zähnen. Wie die meisten seiner Landsleute konnte er nicht schwimmen und hatte großen Respekt vor Mami Wata, der Wassergöttin. Die Gringos hingegen hatten vor dem Wasser genauso wenig Respekt wie vor den übrigen Elementen und schienen geradezu süchtig danach zu sein, es herauszufordern.

Während die Schwarze wie ein Haifisch durch das Wasser schnitt, hatte sich die Blonde auf den Bauch gewälzt, sodaß er ihr Hinterteil studieren konnte. Festes, rundes Fleisch, von dem winzigen Stoffrestchen mehr geschmückt als bedeckt. Der alte Dichter zeichnete mit den Händen die Konturen dieses Hinterns nach. Da einmal hineingreifen dürfen, darüberstreichen und zupacken! Es war dies des alten Dichters bevorzugter Körperteil: Ein weiblicher Hintern war für ihn wie ein voller Mond, ein reifer Pfirsich, eine saftige Melone. So ein Hintern machte Lust, hineinzubeißen, den süßen Saft der Frucht herauszusaugen...

Die Schwarze hatte sich nun am Beckenrand niedergelassen und ließ die Füße im Wasser baumeln. Sie saß dicht neben dem Kopf der Blonden, sodaß diese sie betrachten mußte, wenn sie die Augen nicht geschlossen hielt. Nun beugte sich die Schwarze zur Blonden herab. Sie schienen miteinander zu sprechen. Die traubenförmigen, weißen Brüste der einen bebten vor dem dunklen Gesicht der anderen.

Er hörte unter sich die Treppe knarzen. Rosario. Der alte Dichter schwang in seinem Schaukelstuhl zurück und beförderte das Fernglas hinter den Blumentopf, der ehemals die Rumflasche verborgen hatte. Warum tue ich das, dachte er fast im selben Moment. Ein Fernglas ist schließlich kein anrüchiger Gegenstand wie etwa eine Rumflasche. Ein Geschenk seines Sohnes, immerhin. Aber Rosario würde wissen wollen, wozu er das Fernglas auf der Balustrade seines Hauses brauchte. Sie würde es ihm aus der Hand nehmen und in die gleiche Richtung schauen. Sie würde die beiden nackten Frauen sehen. Sie würde höhnisch lachen, wenn er behauptete, die Vögel im Mangobaum zu beobachten. Sie würde ihn nie wieder in Ruhe hier sitzen lassen und das Fernglas würde durch ein Versehen zu Bruch gehen. Es war besser, wenn sie glaubte, er betrinke sich hier heimlich.

Wieder knarrte die Treppe. Vielleicht war es auch nur der Wind. Oder eine der Katzen hatte sich trotz Rosarios Verbot ins Haus gewagt. Der alte Dichter liebte Katzen. Sie waren unbezähmbar und eigensinnig. Sie unterwarfen sich niemals. Katzen lebten ganz natürlich in einer Welt, zu der der alte Dichter stets nur für kurze Zeit und unter großen Mühen Zugang fand. Sie sahen Dinge, die er nicht sah. Der Gärtner behauptete, es handle sich um die Toten. Die Katzen sähen ihnen dabei zu, wie sie zwischen uns herumspazierten. Darum haßte Rosario sie wie fast alle Menschen hier: sie waren ihr unheimlich.

Ach, Rosario, seufzte der alte Dichter. Im Grunde kam alles Ungemach, alle Widrigkeiten in seinem Leben von dieser zierlichen Greisin mit dem eisenharten Kopf. Wenn sie nicht wäre… nicht mehr wäre… wie ruhig könnte sein Leben sein, wie angenehm… ohne all die lästigen Heimlichkeiten… Nun ja, sie war alt, sie würde irgendwann sterben. Wie ich selbst auch, schoß es ihm durch den Kopf. Eilig wischte er den Gedanken an den Tod zur Seite.

Ohne Fernglas konnte der alte Dichter die beiden Frauen nur schemenhaft erkennen. Sie lagen nun beide am Beckenrand ausgestreckt, einander zugewandt. Sie schienen miteinander zu sprechen. Worüber sprachen sie? Worüber sprachen Frauen? Über andere Frauen? Über Kinder? Kaum. Über Männer? Wahrscheinlich sprachen sie über den Gringo.

Eine graue Katze strich schnurrend um sein Bein, warf sich auf den Rücken und sah ihm herausfordernd in die Augen.

„Mein Mädchen", ächzte der alte Dichter, während er sich zu dem Tier niederbeugte und den flauschigen, weißen Bauch liebkoste.

„Mein Mädchen ist rollig, meine Süße ... ich bin doch kein Kater, leider ... bin doch schon so ein altes, räudiges Vieh ..."

Die Graue schnurrte hingerissen und warf sich von einer Seite auf die andere. Sobald er mit dem Streicheln innehielt, mauzte das Tier laut und kläglich. So sind sie, die Mädchen, dachte der alte Dichter belustigt. Sie kriegen einfach nie genug Liebe. Immer haben sie diesen hungrigen Blick:

Bin ich schön? Bin ich klug? Liebst du mich? Wie sehr? Es ist nie genug.

Er seufzte und griff hinter sich nach dem versteckten Fernglas. Er setzte es an die Augen und hätte fast vor Verblüffung laut aufgeschrien. Er ließ das Glas auf den Schoß sinken und rieb sich die Augen. Eine Vision. Seine Phantasie spielte ihm einen Streich. Er hatte zuviel pornographisches Zeug im Gärtnerhaus angesehen.

Der alte Dichter hob das Fernglas erneut an die Augen. Kein Zweifel: die beiden Frauen hielten einander umarmt und waren in einen tiefen Kuß versunken. Natürlich hatte er davon gehört, daß es dergleichen gab. Aber in Wirklichkeit, hier vor seinen Augen! Heimlich belauscht, nicht für Publikum inszeniert!

Wieder knarrte die Treppe, aber der alte Dichter war wie hypnotisiert von dem Anblick der Frauen. Die weiße Hand auf der dunklen Haut. Das schwarze, wirre Haar. Die gierig saugenden Lippen. Die eine Gringa gespannt wie die Sehne eines Bogens. Die andere hingegeben, fließend, wie bewußtlos. Die weißen Hände ertasteten den Körper der anderen wie Blinde. Als wollten sie sich Zentimeter für Zentimeter dieser Haut einprägen. Als wollten sie das Blut in den Adern darunter beschwören.

Der alte Dichter keuchte. Es schwindelte ihn ein wenig. Sein Herz pochte heftig. Er mußte sich beruhigen, durchatmen, das Glas ein paar Augenblicke lang zur Seite legen. Eine leichte Übelkeit stieg ihm vom Magen in die Kehle.

„Camillo?"

Das hatte ihm gerade noch gefehlt. Er rang nach Atem.

„Camillo! Um Himmels Willen, was ist los mit Dir?"

Diese weit aufgerissenen, blassen Greisinnenaugen über ihm. Dieses hysterische, hohe Gezirpe. Dieser ekelhafte Geruch nach Naphtalin. Er würde sich übergeben müssen.

Rosario riß ihm das Hemd auf und fächelte ihm mit der Hand Luft zu. Dabei kreischte sie ohne Unterlaß.

„Zu Hilfe! Ignacia! Hanibal! Ruft den Doktor Isidro! Ein Notfall! Schnell! Er stirbt mir noch unter den Händen! Hört mich denn keiner! Ignacia! Den Doktor Isidro! Das hat er davon, von dieser elenden Sauferei ..."

Der alte Dichter stöhnte. Wenn sie nur aufhören würde, zu schreien, ginge es ihm gleich viel besser. Wenn sie ihn doch alleine lassen würde. Wenn sie ihm ein Glas Rum brächte ...

Er versuchte, seine Kräfte zu sammeln. Durch ihre schütteren, weißen Locken konnte man die Kopfhaut sehen. Eine Welle von Übelkeit schwappte über ihm zusammen. Sein Inneres kehrte sich nach außen. Er war nur noch Fleisch. Gequältes, nach Atem, nach Leben ringendes Fleisch. Der Schweiß brach ihm aus den Poren.

„Um Gottes Willen, Camillo! Der Doktor Isidro wird gleich kommen! Einen Priester! Ignacia, lauf und hole Don Miguel!"

„Nein!" schrie der alte Dichter und bäumte sich mit der Kraft der Verzweiflung auf. „Kein verdammter Pfaffe kommt mir ins Haus!"

„Ruhig, Camillo!" kreischte Rosario. „Beruhige dich doch!"

Sie hatte ihn nicht in Frieden leben lassen, sie würde ihn nicht in Frieden sterben lassen. Er versuchte, tief zu atmen. Er fühlte sich bereits ein wenig besser.

„Rosario", flüsterte er. „Wasser."

Rum wäre besser. Aber unmöglich. Das Weib loswerden. Sich konzentrieren. Lebenskraft konzentrieren. Das Weib endlich für immer loswerden. An Sakpata denken. Herr über Gesundheit und Krankheit. Gott der Seuchen. Sakpata tanzt. Wirbelt roten Staub auf. Ein Opfer für den Seuchengott. Rum für Sakpata.

Plötzlich bitterer Speichel unter der Zunge. Und Weite, Wohlgefühl, Luft. Wieder leben. Wie leicht der Atem durch seinen Körper strömt. Wie das Blut durch die Adern rauscht, kühl und klar, prickelnd wie frisches Quellwasser.

Der alte Dichter schlug die Augen auf. Das bärtige Gesicht des alten Isidro über ihm sagte: „Nitroglycerin."

Rosario nickte andächtig. Das sah dem alten Trottel ähnlich, sich mit absurden Fremdworten wichtig zu machen. Aber all das war im Grunde gleichgültig. Worüber die Menschen sich Sorgen machen. Was die anderen denken. Was die Leute sagen. Was ihr launischer Christengott von ihnen hält. Ein Gott, der darauf beharrt, der einzige zu sein! Dessen erstes und wichtigstes Gebot lautet, daß man an ihn und nur an ihn glauben solle! Lächerlicher Gott.

Isidro machte sich unter Mithilfe der beiden Dienstboten an ihm zu schaffen, während Rosario mit ihrem aufgeregten, schrillen Stimmchen das Kommando zu führen schien. Wenn man sie nur zum Schweigen bringen könnte. Diese Stimme war ein Attentat auf seine Gesundheit, auf sein Leben. Sie zerrten an ihm herum, bis sie ihn mit vereinten Kräften in eine Hängematte bugsiert hatten, in welcher sie ihn ins Haus zu schleppen beabsichtigten.

Der Gott der Seuchen erwartete nun ein Opfer. Er würde den alten Hanibal um Hilfe bitten müssen. Ein Tier mußte geschlachtet werden. Schnaps mußte vergossen werden. In der Hütte des alten Gärtners wohnten die Fetische. Vielleicht waren sie zornig, weil er ihnen in seinem großen, herrschaftlichen Haus keine Heimstatt gab? Sehr wahrscheinlich. Aber – nicht auszudenken, was passierte, wenn Rosario Fetische im Haus entdeckte. Er hatte zu wählen zwischen dem Zorn der Götter und dem seiner Frau. Also würden die Fetische weiterhin bei Hanibal bleiben, der sich ganz offensichtlich ihres Schutzes erfreute.

Hanibal war ein uralter Schwarzer, der den Garten betreute, seit der alte Dichter denken konnte. Er sprach mit den Pflanzen, streichelte sie und gab ihnen eine spezielle, geheimnisvolle Nahrung. In seinem ganzen Leben war der alte Gärtner noch nie krank gewesen. Hanibal war der Jujumann, ein mächtiger Zauberer mit wichtigen Verbindungen ins Jenseits. Obwohl seine Macht in der Stadt gelitten hatte. Wenn der Gärtner ihn bei Besuchen auf seine Finca am großen Fluß begleitete, so wurde Hanibal zum Zentrum der Aufmerksamkeit. Leute kamen in ihren Kanus von weit her, um sich Rat und Hilfe zu holen. Der Jujumann war dann unentwegt mit Ritualen und Zeremonien beschäftigt. Er selbst, der alte Dichter, konnte deutlich spüren, daß man im Urwald den Göttern viel näher war als in der Stadt. Jeder Zauber wirkte dort zuverlässig. Er würde mit dem alten Hanibal nach seiner Finca El Paraiso reisen. Dort würde er ihm helfen, sich beim Seuchengott Sakpata würdig zu bedanken.

Sein Blick fiel auf die Holzbohlen des Fußbodens. Das Fernglas. Glassplitter. Zerbrochen.

Es war wohl besser, eine Weile lang nicht an die beiden Gringas zu denken, beschloß der alte Dichter, während er in einer kleinen Prozession ins Haus geschleppt wurde. Wie ein Opfertier, dachte er, bevor der Schlaf ihn umhüllte wie ein Mantel aus dunklem Samt.

※

IV.

„Doña Julia!"

Wie mühsam, aus den Traumtiefen aufzusteigen. Wie ein Taucher versucht sie sich festzuklammern an bunten Korallenriffen. Unförmige Wale und Riesenkraken treiben an ihr vorbei.

„Doña Julia!"

Ein Strudel reißt sie nach oben. Sie schnappt nach Luft und schlägt schließlich widerwillig die Augen auf. Mercedes. Mercedes, deren wirres Haar zu Berge steht, Mercedes, tränenüberströmt.

„Doña Julia ... verzeihen Sie, daß ich sie belästige, aber ... uns ist gerade unser Großvater gestorben ... das heißt, wir glauben, er ist tot ... darf ich das Telefon benützen ... es hat uns so überrascht, wir haben nichts geahnt ... wir haben nicht gemerkt, wie er gestorben ist, wann ... die Tante glaubt, er lebt noch, sie glaubt, er sieht sie an ... verzeihen Sie, Doña Julia, ich kann heute nicht zur Arbeit kommen ..."

„Jaja, natürlich ..."

Julia fühlt sich verwirrt, verlegen, sucht nach Trostworten.

„Vielleicht sollte man einen Arzt ..."

„Die Tante will keinen Arzt ins Haus lassen. Darum muß ich von hier aus telefonieren. Damit es Doña Rosario so spät als möglich erfährt. Der Großvater hat keinen Arzt und keinen Priester in unser Haus gelassen. Die Tante ist ganz verrückt vor Angst ..."

„Aber wie soll man sonst wissen, ob er tot ist? Du sagst selbst, deine Tante glaubt, er lebe noch ...“

Mercedes schüttelt schluchzend den Kopf.

„Aber Doña Julia, wir haben an der Brust gehorcht und keinen Herzschlag gehört, wir haben ihm einen Spiegel unter die Nase gehalten und er hat nicht beschlagen, auch eine Kerze, und sie hat nicht geflackert ...“

„Es gibt Scheintote“, sagt Julia hilflos, „darum muß man einen Arzt rufen...“

Mercedes nimmt den Telefonhörer auf und wählt. Besetzt. Sie legt auf. Sie sinkt auf den Bettrand neben Julia.

„Heute morgen wollte er nicht aufstehen ... und erst jetzt haben wir bemerkt, daß er tot ist. Die Tante ist wie verrückt, daß sie bei seinem Tod nicht dabei war. Sie weint so schrecklich. Der Großvater hat uns immer alle beschützt ...“

Julia ist nervös. Warum das verfluchte Telefon immer besetzt sein muß.

„Vielleicht ist er ja gar nicht tot...“

Mercedes wischt die Tränen mit dem Handrücken von ihren Wangen. Sie quellen ohne Unterlaß nach.

„Wir haben ihn umgezogen. Wenn er noch lebte, hätte er doch irgendwas gesagt ...“

Sie wählt wieder.

„Hola...“ Gott sei Dank. „Hier spricht Merce, die Nichte von Ignacia ... Unser Großvater ist uns gerade gestorben...“

Julia angelt nach dem Morgenmantel und zieht sich leise ins Badezimmer zurück. Was sagt man da, was tut man? Schließlich teilt Mercedes in gewisser Weise ihr Leben. Und die Leute drüben?

Warum dürfen sie was nicht wissen? Dürfen nicht wissen, daß ihr Gärtner gestorben ist? Sie kann niemanden fragen. Wo Florian sich wohl gerade herumtreibt. Und Charlotte.

„Ja", Mercedes zieht die Tränen durch die Nase hoch, „und wir brauchen Kerzen ... ja, Kerzen und einen Sarg ... nein, keinen Centavo ... aber vor allem die Hühner, mindestens einen Hahn ... obwohl ein Ziegenbock viel besser wäre, wegen der Egungun ... also gut, einen Hahn ..."

Einen Hahn? Was macht man da. Julia beschließt, im Badezimmer zu bleiben und nichts gehört zu haben. Bietet man Hilfe an? Allgemein, ja. Sie hat ja keine Hühner oder Ziegenböcke. Und weiß nicht, wieviel Geld im Haus ist. Wieder dreht sich die Wählscheibe.

„Hola, hier ist Merce. Ist Eusebia da? Uns ist gerade unser Großvater gestorben ..."

Julia hat den Alten öfter neben seiner Hütte in der Hängematte liegen sehen. Er hat sie nie gegrüßt. Sie ihn natürlich auch nicht. Er war wohl schon sehr alt gewesen.

Es klopft an der Badezimmertür. Julia öffnet einen Spalt.

„Danke, Doña Julia." Mercedes wendet ihr verheultes Gesicht ab. „Ich muß jetzt gehen. Ich weiß nicht, ob ich morgen kommen kann. Ziehen sie es vom Lohn ab."

„Aber nein, warte ... sag deinen Leuten, wenn sie irgendwas brauchen ... ich helfe gerne ..."

„Danke, Doña Julia."

Wie kann man schon helfen, angesichts des Todes. Wie peinlich, denkt Julia. Ach was, was ist schon geschehen. Ein alter Mann ist gestorben. Der Gärtner von gegenüber. Alles uralte Leute, die im großen Haus und die Angestellten. Da wird eben ab und zu gestorben. Warum fühlt sie sich so unbehaglich? Warum fühlen die Lebenden sich stets so schuldig vor den Toten? Unsinn. Julia kann doch nichts für diesen Tod! Vielleicht hätte sie ihn grüßen sollen, den so alten Mann, statt an ihm vorbeizusehen. Vielleicht hätte sie ihn freundlich anlächeln sollen, sie, die Fremde im Land.

Unsinn!! Warum zerbricht sie sich wegen eines Gärtners den Kopf. Er war alt, er ist tot, aus. Seine Verwandten haben jetzt das Problem am Hals: Tod kostet immer Geld. Die Gärtnerleute sind arm, so arm, wie Julia es sich nicht denken kann und sie zählen lange noch nicht zu den Ärmsten im Land. Die im großen Haus wohnen bekümmert das nicht. So ist es und so war es immer. Der Tod macht auch nicht gleich.

Drüben spalten sie Holz. Der Sarg … Der Sensenmann schwingt die Machete. Es wird viel gestorben in diesem Land. Kinder sterben an Durchfall und Parasiten, an Unwissenheit, Frauen an Geburten und Abtreibungen, Männer im Krieg. So war es vor einigen hundert Jahren in Europa auch gewesen. Aber zwischen Flugzeugen und Computern dieses mittelalterliche Leben, dieser mittelalterliche Tod!

Die Schläge fallen regelmäßig in das Holz. Der Hund bellt wütend. Am Gartentor steht Mercedes mit einer dicken Frau. Julia geht ihnen entgegen.

„Ich habe schon gehört…", sagt sie.

Das Gesicht der Frau ist naß. Sie spricht und bewegt sich langsam, wie in Trance.

„Es tut uns so leid, Doña Julia, wir haben Sie schon so sehr belästigt, Sie waren immer so gütig..."

„Aber nein, aber nein!"

„Ich heiße Ignacia, ich bin die Tante von Merce und jetzt ist uns unser Vater gestorben ..."

„Ich weiß, ich weiß, kommen Sie doch ins Haus. Kann ich ..."

Die beiden folgen ihr. Die dicke Frau sieht sich, während sie weiterspricht, in der Sala um.

„Ja, und jetzt wollen wir Sie noch einmal belästigen und bitten, ob Sie uns Stühle leihen würden, für die Totenwache ..."

„Ja natürlich, jaja ...", sagt Julia verständnislos.

Stühle für die Totenwache! Der neugierige Blick gefällt ihr nicht. Wie diese Leute immer ungeniert alles angaffen und dabei scheinbar unwillkürlich Überlegungen anstellen, wie sie es an sich bringen könnten. Man kann das in den Mienen lesen. Julia möchte die dicke Frau loswerden.

„Es stehen zehn Gartenstühle draußen. Die können Sie bis morgen haben."

Sie schließt die Türe ab und verriegelt sie. Die Frau geht mit Mercedes, jede einen Terrassenstuhl vor sich hertragend. Fremde Männer kommen und räumen die Gartenmöbel ab. Julia beobachtet sie hinter der Jalousie. Sie fühlt sich zunehmend unbehaglicher. Sie beschließt, etwas zu trinken.

Draußen dämmert es bereits. Draußen irgendwo ist Florian. Und Charlotte. Draußen bereiten sie sich auf die Totenwache vor. Warum wachen sie bei den Toten? Um langsam zu begreifen, daß er nie wieder sein wird? Dieses nie wieder? Oder um sicher zu gehen, daß er wirklich tot ist?

Das Telefon erschreckt sie. Florian. Sie haben sich bei der Arbeit verspätet und sind eben hungrig in ein Restaurant eingefallen. Will Julia vielleicht nachkommen? Sie soll die Nachbarn bitten, ein Auge auf das Haus zu haben, sie weiß ja, die vielen Einbrüche in der Gegend ... Jedenfalls werden sie bald nach Hause kommen, wenn sie nicht allzu lange auf das Essen warten müssen, Julia kennt das ja. Zwar will Charlotte noch was vom Nachtleben der Stadt sehen, aber da gibt es bekanntlich ja nicht viel. Wenn Julia also keine Lust hat, mitzukommen, Florian ist ohnedies schon so gut wie zu Hause. Bis dann.

Ein Drink wird guttun. Orangensaft, Maracuya, viel Eis und alles mit weißem Rum auffüllen, durchrühren. Musik. Nein, keine Musik. Wie kann man Musik machen mit einem Toten nebenan. Julia legt sich auf das Sofa, das Glas immer in Reichweite. Totenwache. Soll sie rübergehen und Beileid wünschen? Was sagt man da? Wird das nicht empfunden als aufdringlich, als unzulässige Einmischung in fremden Schmerz? Die da düben wissen doch, wie gleichgültig ihr der Alte zu Lebzeiten gewesen ist, was will sie da an seinem Totenbett?

Ist es nicht geradezu beleidigend für die Familie, die wahren Schmerz empfindet? Und ist es nicht unpassend, wenn sie, Doña Julia, in die ärmliche Gärtnerhütte kommt? Sie müßte etwas mitbringen, aber was? Oder ist das plump und beleidigend, Almosen zu verteilen an die trauernden Angehörigen, als könnte so der Schmerz gelindert werden...

Typisch Gringa, werden sie sagen, so taktlos, so gefühllos!

Ein Auto rangiert vor dem Gartentor. Natürlich kann es noch nicht Florian sein. Rufe klingen von der anderen Seite des Weges herüber. Rauch liegt in der Luft.

Julia wartet und trinkt. Immer wieder hört sie Motorenlärm. Die Stimmen lassen sich nicht unterscheiden. Es ist das gedämpfte Gemurmel von vielen und es werden immer mehr. Wo in aller Welt finden diese Leute Platz in der engen Gärtnerhütte, dem kleinen Fleckchen Land, das ihn der Patron zur eigenen Nutzung abzweigen ließ? Ist es möglich, daß ein Mensch so viele Verwandte hat? Daß auf zwei Anrufe ihrer Mercedes hinauf so viele Menschen zusammenströmen? Es ist nicht möglich. Dennoch, dieses gleichmäßige, pausenlose Summen, das die Nacht erfüllt, das bringen nur dutzende, aberdutzende Menschen hervor ... Oder hundert. Nein, es ist nicht möglich.

War er so beliebt, dieser alte Gärtner? Wie kann ein armer Mann sich so viele Freunde machen im Laufe des Lebens?

Wenn sie, Julia, stürbe, wer käme da wohl, Totenwache zu halten an ihrem Sarg? Wem läge wohl daran, ihr die erste Nacht ihres Todes leichter zu machen? Wen drängte es, Florian in seinem Schmerz beizustehen? Was denkt sie da. Wer sagt, daß er Beistand bräuchte. Wer sagt, daß es ihn besonders schmerzte. Kann sein, er fühlte sich befreit. Niemand kann diese Dinge wissen. Es ist sinnlos, darüber nachzudenken. Sie wird sich einen zweiten Drink machen.

Gut, ach wie gut schmeckt dieses kalte, sanfte Feuer. Aus dem Summen ist ein Dröhnen geworden, als sprächen die vielen Menschen lauter, aufgeregter. Worauf warten sie?

Vielleicht ist es unhöflich, als Nachbar nicht hinzugehen. Vielleicht denken die, sie sei geizig, da sie, die scheinbar alles hat, in der Stunde der Not nichts gibt. Wer kann das wissen?

Aber sie könnte an den Zaun gehen und zusehen. Niemand brauchte sie zu bemerken. Sie trinkt. Ja, sie könnte die Leute beobachten und daraus Schlüsse ziehen. Hingehen oder nicht. Schenken oder nicht. Was schenken?

Julia steht auf und zieht eine lange Hose über die Shorts, obwohl sie danach trachten wird, ungesehen zu bleiben. Sie trinkt ihr Glas in einem tiefen Zug aus.

Die Nacht draußen ist unerwartet hell. Der Mond steht groß und weiß über den Schatten der Bäume.

Julia drückt sich in die Büsche am Gartenzaun. Auf dem mondhellen Weg wimmelt es von Menschen jeden Alters, ein unaufhörliches Ankommen, Begrüßen, Erzählen, Erklären. Kinder spielen Fangen zwischen den Beinen der Erwachsenen. Die Luft vibriert vom Dröhnen der vielen Stimmen. Ab und zu bricht ein kleiner Aufschrei hervor, hie und da ein Lachen. Nichts hier weist auf einen Toten im Haus hin. Was sie sieht, läßt Julia an die Stimmung in einem Theater denken, bevor der Vorhang hochgeht. Doch niemand sitzt. Die Menge bewegt sich wie ein Fluß. Es bilden sich Strudel, wenn Frauen einander umarmen und küssen, Männer einander auf den Rücken schlagen. Sie alle sind, plötzlich aus ihrem alltäglichen Leben gerissen, mit dem Eintreffen der Nachricht hierhergeströmt. Viele haben einander vielleicht seit Jahren nicht gesehen. Jeder ist voll Neugier und voller Neuigkeiten. So bereitet der alte Gärtner der Familie mit seinem Tod ein unerwartetes Fest.

Langsam geht Julia zurück ins Haus. Sie hat weder Angst vor Toten noch vor Einbrechern. Sie fühlt sich seltsam getröstet. Fast tut es ihr leid, nicht zu den Menschen da draußen zu gehören, zu ihrer Gemeinschaft, zu ihren Traditionen, zu ihrem Fest. Nicht wirklich, natürlich. Es währt nur einen kurzen, sehnsüchtigen und vielleicht neidischen Augenblick.

Sie packt zwei Flaschen Rum in einen Papiersack. Das wird ihr Beitrag zu dem Fest sein. Sie will nicht mehr lange überlegen, was schicklich sei. Sie will etwas tun. Ihr Geschenk werden die Gärtnerleute sicher nehmen und sie werden es brauchen können. Sie stemmt sich gegen das Gartentor.

„Doña Julia!" Es ist Mercedes, im Mondschein aus der Menge geboren. Sie ergreift fürsorglich Julias Arm.

„Kommen Sie, gehen wir die Leiche ansehen!"

Die beiden Frauen lassen sich vom Strom der Menschen treiben, immer wieder einmal ein paar Schritte weiter in Richtung der Hütte des Gärtners. Julia ist erleichtert, mit jemand sprechen zu können.

„Höre, Mercedes, ich habe den Leuten da etwas mitgebracht. Meinst du, das sei ... passend?"

Mercedes wirft einen schnellen Blick in die Papiertüte.

„Doña Julia, Sie sind unsere Retterin! Genau das hat gefehlt!" Sie breitet die Arme weit aus. „Und

Sie wissen ja, was man sagt: Alles darf bei einer Totenwache fehlen, sogar der Kaffee, nur der Schnaps nicht. Denn das beleidigt die Egungun, wenn sie durstig zurückkehren müssen. Aber wir haben so wenig Geld ... also haben wir Don Camillo gebeten ..."

„Wen beleidigt das, wenn es keinen Schnaps gibt?" fragt Julia verwirrt.

„Ach, man sagt, wo es am Schnaps bei der Totenwache fehlt, fehlt es an Respekt und Liebe für den Toten!"

Julia hält Mercedes` Arm fest umklammert und läßt sich von ihr zu der Hütte drängen. Am Eingang steht die dicke Frau, die sie nachmittags kennengelernt hat. Mercedes stellt sich auf die Zehenspitzen und flüstert ihr etwas ins Ohr.

Plötzlich sieht Julia sich umarmt. Eine nasse Wange drückt sich an ihr Gesicht. Sie macht sich verlegen lächelnd los und flüchtet ins Innere der Hütte.

An den Wänden stehen leere Stühle. Der Raum ist vollkommend kahl. Keine Blumen im Gärtnerhaus. Mercedes hat den Blick gesehen.

„Wir haben alles, was von Wert ist, weggeräumt. Man weiß ja nie, bei so vielen Leuten ..."

Die Tür zum Hof steht offen und das Gesumm draußen steigert sich mit jeder Minute. Dennoch ist es merkwürdig still in der Hütte. Manchmal entfährt der dicken Frau am Eingang ein lautes Schluchzen, das sie mit ihrer Hand erstickt. Julia meint, das Flackern der Kerzen zu hören.

In ihrem unruhigen Schein glänzt das dunkle Gesicht des Alten lebendig. Der Sarg, eine einfache Holzkiste, ruht in der Mitte des einzigen

Raumes auf Stühlen, ihren Stühlen. Man hat ihn mit einem weißen Leintuch ausgeschlagen und den Toten hineingezwängt.

Zu Häupten des Sarges nimmt Julia jetzt erst eine schattenhafte Gestalt wahr.

„Der Jujumann", flüstert Mercedes aufgeregt.

„Wer? Was ..."

Die Gestalt hat sich aufgerichtet. Über den Kopf trägt sie eine rote Kapuze mit Sehschlitzen gestülpt. Mercedes weicht zum Eingang der Hütte zurück und Julia will es ihr gleichtun, aber eine gebieterische Geste der Kapuzengestalt hält sie zurück. Stumm bietet Julia die beiden Rumflaschen an. Zwei Hände drücken sie auf die Knie. Fleckige Altmännerhände nehmen ihr Geschenk an.

„Es ist gut, daß Sie gekommen sind, Señora." Die immer noch kräftige Stimme eines alten Mannes dringt aus der roten Kapuze. „Die Egungun werden Ihnen das nicht vergessen."

Wieder Egungun. Julia will Fragen stellen, aber der Kapuzenmann ist in sich zusammengesunken und kauert wieder reglos zu Häupten des Toten. Mit einem Mal fühlt Julia Gänsehaut im Nacken hochsteigen, als sträubten sich ihr die Haare. Nur fort von hier.

Im Hof hat man einige Tische aufgestellt, um die sich die Menschen ballen. Die dicke Frau bahnt sich energisch ihren Weg und ruft: „Kaffee! Kaffee!" Am weitesten entfernt liegenden Tisch bricht ein Lachsturm los. Mercedes drängt in diese Richtung. Sie will wissen, was los ist. Julia folgt ihr.

„...wie er damals in Diriusa den Bürgermeister vom bösen Zauber geheilt hat...“

„Damals kannte er Tomasa noch garnicht ...“

„Damals hat er nur die Trommeln geschlagen ...“
Anhaltendes Gelächter.

„Der beste Trommler von ganz Diriusa ...“

„...den mächtigsten Zauber, den ich jemals erlebt habe...“

„Herhören, alle: wer spielt mit bei Alles-was-Flügel-hat-fliegt?“

Im spärlichen Licht einer Windleuchte stecken vier Männer die dunklen Köpfe über Karten zusammen.

„Hurensohn!“ ruft einer und knallt ein Blatt auf den Tisch. Die anderen lachen.

„Darf ich Ihnen Kaffee bringen, Doña Julia?“ Freundlichkeit strahlt der dicken Frau über das ganze Gesicht.

„Oh nein, ich muß gehen. Wenn Sie noch etwas brauchen, schicken Sie nur Mercedes rüber. Ich helfe wirklich gerne.“

Sie braucht einen Drink. Einen schönen, starken, sauren Drink.

Wie gut diese Leute sind. Wie einfach und freundlich. Wie natürlich. Wie sich ihr Leben harmonisch im Kreise schließt. Wie sie einander brauchen und füreinander da sind, im Leben wie im Tod. Wie Leben und Tod eins sind.

Jemand ist an der Tür. Julia erschrickt. Der Hund hat nicht gebellt. Florian. Nein, sie hat kein Auto kommen hören. Oh, sie kennt das Motorengeräusch des Jeep von weitem.

„Wer ist da?“

Niemand. Nur ferne Trommeln in der Nacht.

V.

Der alte Dichter ließ sich ächzend in seinen Schaukelstuhl fallen. Der Trubel der letzten Tage war zu viel für ihn gewesen. Er liebte die Ruhe, das sachte Dahingleiten im Meer der Gedanken und Träume. Aber dies schien ihm nun weniger denn je vergönnt zu sein. Erst hatte er den Zirkus durchzustehen gehabt, den Rosario um seinen angeblichen Herzanfall veranstaltet hatte: Er mußte das Bett hüten, jeden Tag das Geschwätz des alten Isidro ertragen, giftige Pillen schlucken, aber keinen Rum. Alle Welt schien sich abgesprochen zu haben, ihn keinen Augenblick lang alleine und in Frieden zu lassen. Er konnte sich keinen übleren Zustand vorstellen, als hilflos den guten Absichten seiner Umgebung ausgeliefert zu sein. Seine Proteste nahm man wohl weniger ernst denn je. Bald nach dem kleinen Zwischenfall auf der Terrasse hatte er sich wieder besser gefühlt. Das ohnmächtige Verlangen war in ihm aufgestiegen, den kleinen Rest Lebens, der ihm noch verblieb, so zu leben wie es ihm gefiel. Er träumte davon, einfach zu verschwinden, all die Umstände und Konventionen und Schicklichkeiten, die sein bürgerliches Leben ausmachten, hinter sich zu lassen, seine Fesseln zu sprengen, aufzubrechen, hinaus in die Wildnis, den Wald, den großen Fluß, das wahre Leben.

Und dann war Hanibal gestorben und hatte seinen Träumereien und Spekulationen ein jähes Ende gesetzt. Nun mußte er handeln, entscheiden, die Zügel in die Hand nehmen. Der alte Hanibal hatte ihn zu seinem Nachfolger erkoren und nun mußte er sich würdig erweisen. Er hatte früher nie wirklich darüber nachgedacht, was es hieß, der Nachfolger des alten Hanibal zu sein, denn der schwarze Gärtner schien ihm unsterblich. Als nun plötzlich die verweinte Merce vor ihm stand und ihm die Nachricht überbrachte, traf es ihn wie ein Schlag: Er war nun verantwortlich für die Egungun. Er, der alte Dichter, war nun der Jujumann. Er fühlte sich plötzlich verwaist, unvorbereitet, aber danach fragte jetzt keiner. Er mußte handeln. Als erstes mußte der alte Hanibal würdig ins Reich der Toten geleitet werden. Die Egungun mußten zusammentreten. Waren die Strohmasken, die ihren ganzen Körper verhüllten, noch im Gärtnerhaus? Ein Opfertier mußte aufgetrieben werden, am besten ein Ziegenbock. Er war dafür verantwortlich, daß alles ordnungsgemäß ablief. Und all das mußte hinter dem Rücken von Rosario geschehen, die natürlich auf einen Arzt und vor allem auf einen Priester bestehen würde.

Der alte Dichter seufzte und angelte nach der Rumflasche, die er in einem Blumentopf versteckt hatte. Drüben öffnete Julia eben das Gartentor, um den Jeep einfahren zu lassen. Seitdem sie zu der Totenwache des alten Hanibal gekommen war, sah er sie mit anderen Augen. Er sah nicht nur die Gringa, sondern auch ein von Panik erfülltes, in die Enge getriebenes Tier. Er wünschte sie öfter zu sehen, den Grund für diese wild gewitternde Aura zu erfahren. Dies schien ihm durchaus möglich. Schließlich war er jetzt der Jujumann.

Die schwarzhaarige Gringa sprang aus dem Jeep und ging lebhaft gestikulierend auf Julia zu, legte den Arm um ihre Schulter und führte sie ins Haus. Der Gringo folgte den beiden Frauen bedächtigen Schrittes, hielt jedoch vor der Haustür inne. Er stand eine Weile wie unentschlossen im Vorhaus, kehrte schließlich um, öffnete erneut das Gartentor, bestieg den Jeep und brauste schließlich mit quietschenden Reifen los. Achtlos ließ er das Fahrzeug durch die zahllosen Löcher im Weg rumpeln.

Es war vielleicht doch nicht nur wundervoll, mit zwei Frauen in einem Haus zu leben, überlegte der alte Dichter. Wie sich wohl diese Abende zu dritt gestalteten? Was da wohl stattfand, wenn reichlich der Rum floß? Ob die beiden Frauen einander gegenseitig erregten, sodaß der Gringo dann nur mehr die Früchte zu pflücken brauchte? Der alte Dichter konnte nicht anders, er mußte sich die drei zusammen im Bett vorstellen. Diese Nächte konnten nicht anders ausgehen.

Er verspürte eine Art Knopf im Hals, eine neidische Enge. Er selbst wäre mit einer Gringa schon durchaus zufrieden. Die Schwarze zeigte sich wohl sehr stark und sicher. Wenn dies so wäre, überlegte der alte Dichter, so zeigte sie es nicht so sehr. Die Schwarze bemühte sich also, einen wunden Punkt zu übertünchen. Eine blutende Wunde, weiß gekalkt unter Schmerzen, über und über und immer wieder und immer wieder sickert das Blut durch. Aber sie weiß, was sie will. Sie will mit aller Kraft. Um das zu erlangen, darf man kein Blut sehen. Also tüncht und kalkt sie ohne Unterlaß, die schwarze Gringa. Was war es nur, das sie mit solcher Macht wollte? Sie hatte die blonde Gringa verführt wie ein Mann. Aber sie schien noch nicht am Ziel zu sein. Was war ihr Ziel?

Der alte Dichter dachte an ihren strahlend weißen nackten Körper und nahm einen tiefen Zug aus der Flasche. Vielleicht bildete er sich dies nur ein, aber er meinte, viel tiefer in das Innere der Menschen sehen zu können, seitdem er der Jujumann war. Unsinn, ermahnte er sich, gar nichts bilde ich mir ein, das ist so und es ist ganz natürlich so. Sonst hätte alles keinen Sinn und wäre nur primitiver Hokuspokus wie die Messen in der Kirche, zu denen Rosario lief.

Wie jeden Abend bot der Himmel wenige Minuten lang ein atemberaubendes Schauspiel, bevor er sich endgültig zur Nacht verdunkelte. Rosa Wölkchen zogen über zartblaue Weiten, erglühten golden über dem Westen, erröteten und entflammten sich schließlich zu einem höllischen Feuer über der schwarzen Erde. Ein loderndes Finale hinter den Silhouetten der Palmen.

Das Leben. Ich sollte das nicht, dachte der alte Dichter, aber ich hasse den Tod. Als der Jujumann sollte ich ihn verstehen, Mittler sein zwischen ihm und den Menschen. Aber noch bin ich nicht soweit. Noch scheue ich ihn wie seit jeher.

Natürlich wußte der alte Dichter, wer hinter den Strohmasken der Egungun steckte. Wußte, daß es Menschen aus Fleisch und Blut waren, Nachbarn, meist arme Schwarze oder Indios, seltener wohlhabende Händler oder Geldverleiher. Aber wenn sie die Masken anlegten, so fuhren die Geister der Toten in sie und mischten sich in ihren Körpern, den Egungun, unter die Lebenden. Wenn jemand starb, so war es wichtig, daß die Egungun kamen, um seinen Geist abzuholen.

Wider Willen dachte er an seine erste Erfahrung des Todes, als siebenjähriger Junge. Seit dem Säuglingsalter hatte er in einem großen Bett mit der Großmutter geschlafen. Das war ungewöhnlich gewesen, denn Kinder pflegten bei der Amme oder der Kinderfrau zu schlafen. Aber die Großmutter hatte eine abgöttische Liebe zu dem kleinen Jungen entwickelt – wie natürlicherweise auch er zu ihr –, sodaß nichts und niemand sie von dem Kind zu trennen vermocht hätte. Nur der Tod, dachte der alte Dichter. Sie hatte der Mutter Camillos Erziehung entzogen, was jener nicht unrecht gewesen war, obwohl sie manchmal Streit mit der Alten anfing und behauptete, das Kind würde über alle Maßen verwöhnt, kenne weder Zucht noch Ordnung, Großmutter und Enkel lebten in ihrem Wolkenkuckucksheim und kümmerten sich nicht um Gott und nicht um die Welt. Der alte Dichter lachte in sich hinein. Sie hatte keine Ahnung gehabt, die Mutter! Die Großmutter hatte stets verächtlich vom Christengott gesprochen und ihn in die Geheimnisse des Voodoo eingeführt. Dem Kind waren sie sofort als die natürlichste Sache der Welt erschienen, einfach und logisch und dennoch voller Geheimnisse. Die Großmutter hatte ihm den Voodoo erklärt, und damit die Ordnung der Welt. Als die Mutter später immer wieder versuchte, ihm – anstandshalber, wie sie sagte – den katholischen Glauben nahezubringen, hatte sich die Großmutter stets wie eine ihr Junges verteidigende Löwin vor ihn geworfen und sich jede Einmischung in die religiöse Erziehung des Kindes verbeten.

Es war ein brutales Erwachen aus dem Paradies gewesen. Eines Morgens hatte die Großmutter noch geschlafen, als Camillo erwachte, was des öfteren vorkam. Meist lauschte er dann noch ein Weilchen dem überaus interessanten Schnarchkonzert der Alten, das ihm wie ein dramatischer Monolog in einer unbekannten Sprache vorkam, eine Musik, zu der er sich den Text zusammenspann. Da die Großmutter an diesem Morgen nicht schnarchte, war er in die Küche gelaufen, wo das Hausmädchen das Frühstück für ihn und die Alte zurichtete. Camillo brüllte: „Nana! Na – Na!! Nanaaa!!!"

Kein Laut drang aus dem Schlafzimmer. Das Mädchen schüttelte vielsagend den Kopf, denn da es als erste aufzustehen hatte, begann es Langschläfer zu verachten, um sie nicht beneiden zu müssen.

Camillo schnappte nach einem nassen Lappen aus der Spüle und lief damit zurück ins Schlafzimmer. Das Mädchen kicherte. Camillo öffnete leise, ganz leise die Türe und schlich sich von hinten an die Großmutter heran, die ihm ihren breiten Rücken zuwandte. Blitzschnell warf er ihr den schmutzigen, nassen Lappen übers Gesicht und sauste aus dem Zimmer. Die Stille ließ ihn auf dem Korridor innehalten. Kein Schrei, kein Schimpfwort, nichts. Stille.

Heute noch erinnerte sich der alte Dichter jener ahnungsvollen Beklommenheit, die in jenem Moment nach der Kehle des kleinen Jungen gegriffen hatte. Er wünschte sehnlichst, vor diesem Schauer zur Großmutter flüchten zu können, aber genau bei ihr lag ja der Schrecken. Er nahm all seinen Mut zusammen und schlich zurück an das gemeinsame Lager. Dort lag sie immer noch, den Lappen über dem Gesicht, reglos.

Zögernd griff er nach ihrem Fuß, der nackt unter dem Leintuch hervorstak, um ihn ohne viel Überzeugung zu kitzeln. Er war starr und eiskalt.

Der alte Dichter erinnerte sich an die panische Flucht des Kindes, an sein besinnungsloses Entsetzensschreien, das keine Worte kannte, sein animalisches Grauen. Lange Jahre noch mußte er bei dem Gedanken, die Nacht neben einer Toten verbracht zu haben, spontan erbrechen, bis ihm eines Tages aufging, daß die Großmutter eines schönen und beneidenswerten Todes gestorben war. Ohne Angst und neben dem Menschen, den sie auf Erden am meisten liebte, wie sie ihm immer beim Gutenachtkuß versichert hatte, war sie ins Reich der Toten geglitten. Er hatte auf die Egungun gewartet und sie waren nicht gekommen. Der Geist der Großmutter irrte suchend umher und konnte das Totenreich nicht finden, denn man hatte sie in die Kirche geschleppt.

Dieser Gedanke markierte nach Meinung des alten Dichters das Ende seiner Kindheit, der Zeit der ausschließlichen Selbstbezogenheit. Denn er hatte unter dem Tod der Großmutter gelitten, so sehr, daß ihm jetzt noch manchmal die Tränen kamen, wenn er an sie dachte, die Göttin seiner Kindheit, voll grenzenloser Liebe und Güte, das Gute im Leben schlechthin. Nun war sie schon lange tot und irrte wohl auch nicht mehr umher. Dennoch, oft fühlte er ihre Gegenwart, spürte wie sie ihm über die Schulter sah, sich freute, wenn er glücklich war. Sie war nun unendlich stolz und zufrieden, ihn als Jujumann zu sehen. Er würde sie nicht enttäuschen, niemand einsam und trostlos ins Jenseits schicken.

Und da saß er nun, der alte Dichter und Jujumann mit der Scheu vor dem Tod. Wahrscheinlich hatte niemand es ihm angemerkt bei der Zeremonie für den Gärtner. Die Egungun hingegen mußten es wissen, aber es hatte sie scheinbar nicht gestört. Vielleicht hatte ihn der alte Hanibal gerade deswegen zum Jujumann bestimmt, damit er sein Verhältnis zum Tod kläre. In diesem Fall handelte es sich um ein Geschenk, auch wenn ihm noch ein wenig unbehaglich dabei zumute war.

Drüben erstrahlten die Lichter auf der Terrasse. Die beiden Frauen traten mit Gläsern in der Hand aus dem Haus und ließen sich in Liegestühlen nieder. Fledermäuse schossen im Sturzflug knapp über die schillernde Wasseroberfläche des Pools, zogen schwarze Kreise, schlugen ihre Haken und verschwanden wieder im Nichts.

Die schwarze Gringa hatte sich vorgebeugt und sprach intensiv auf Julia ein. Julia schien ihm wie ein verwirrtes, verletztes wildes Tier, das noch zweifelte, ob und wie es sich retten könnte. Ein interessanter Fall, dachte der alte Dichter. Ich wollte, sie käme hierher. Ich muß mir etwas ausdenken.

„Camillo!"

Der alte Dichter zuckte zusammen. Er hatte seine Frau nicht kommen hören. Seine Ohren ließen nach. Das verfluchte Alter.

„Sitzt schon wieder im Finstern und säuft. Hab ich doch gewußt. Was hat der Doktor Isidro gesagt? Daß der Rum dein Tod ist. Beinahe war es ja schon so weit. Bringt dich nicht einmal ein Herzanfall zur Besinnung? Gib mir die Flasche!"

Der alte Dichter schaukelte leise in seinem Stuhl hin und her und stellte sich taub.

„Die Flasche! Willst du dir wirklich noch dein letztes bißchen Hirn aus dem Kopf saufen? Seit Jahren hast du nichts mehr geschrieben ..."

Damit hatte sie den wunden Punkt in der Seele des alten Dichters berührt. Er schaffte es einfach nicht mehr, sich mit Papier und Feder hinzusetzen und seine Geschichten aufzuschreiben. Lieber erzählte er sie seinen Bewunderern, vor allem den Frauen.

„Aber immerhin werde ich noch gelesen", fuhr er seine Frau an. „Überhaupt weiß ich nicht, warum du mich nicht in Frieden trinken läßt. Wenn ich sterbe, hast du schließlich deine Ruhe."

„Camillo!" kreischte Rosario und rang nach Luft. „Das ist ungeheuerlich! Ungeheuerlich!"

„Außerdem habe ich beschlossen, in der Gärtnerhütte eine Schreibwerkstätte einzurichten. Die Frauen sind ja ins Haus gezogen, so viel ich weiß."

Rosario hatte sich wieder gefaßt.

„Das sieht dir ähnlich. In dieser Chabola will er schreiben! Ich habe diesen Schandfleck auf unserem Grundstück immer nur wegen des Alten geduldet. Jetzt, da ich die Hütte endlich abreißen lassen könnte, willst du dich dort einnisten. Zum Schreiben! Daß ich nicht lache ..."

Der alte Dichter seufzte. Wie sollte ein Mann bei diesem ständigen Gekeif schreiben. Außerdem wollte sie immer gleich alles lesen und zensurieren. Sie, die keine Ahnung hatte, die töricht war und dünkelhaft und, ja, dumm, dumm, dumm. Und sich wie alle dummen Menschen unendlich erhaben dünkte über alles, was sie nicht verstand. Wenn man nur die Dummheit aus der Welt schaffen könnte. Dann bliebe nicht mehr viel übrig von Rosario. Das hieße, Rosario aus der Welt schaffen.

Nein, er brauchte endlich seinen eigenen Bereich, auch und vor allem für seine Pflichten als Jujumann. Die Gärtnerhütte war ideal. Sie war die Heimstatt der Fetische und es war nur natürlich, daß er sich dort einrichtete. So konnte die ersehnte Flucht doch noch statthaben. Er mußte nur Rosario den Zutritt ein für allemal verwehren. Daß dies weder mit Bitten noch mit Verboten zu erreichen war, schien ihm klar. Er würde sich etwas ausdenken müssen. Schließlich war er der Jujumann.

∾

VI.

Eine frische Brise hat die Hitze des Tages vertrieben und rüttelt an den Dachblechen. Der Abend graut wolkenverhangen. In der Luft liegt Regenduft wie ein Versprechen.

Julia betrachtet sich lange im Spiegel: die sonnenbraune Haut, das sonnenblonde Haar. Eine strahlende Frau, glücklich, begehrenswert, sagt der Spiegel. Immer noch schön, trotz des Alkohols. Aber der Absturz droht. Auch das sagt der Spiegel. Wenn sie lange hineinstarrt, in ihre eigenen Augen, blickt ihr eine andere entgegen: Charlotte. Sie wehrt sich heftig gegen diese Vision und doch, man müßte nur die Farben wechseln ...

Der Wind trägt Stimmen und Schritte aus dem Garten herauf. Immer noch hält der Spiegel Julia gefangen.

„... damit das Kind nicht ins Wasser fällt!"

„Mercedes, die Torte!"

„Und halt mir diesen Hund vom Leib!"

„Mein Kleid!"

Draußen bellt es aufgeregt. Hohe, grelle Stimmen vertreiben den Zauber der Dämmerung. Ein halbes Dutzend brauner Mädchen kreist um einen dicklichen, weißen Jüngling wie Planeten um eine Sonne. Hinter ihren üppigen Körpern verstecken sich Kinder, verstört durch die fremde Umgebung.

Der rosafarbene Mann mit seinem schütteren, durchsichtigen Haar nennt die Frauen Püppchen und Julias Schäferhund Wauwau.

„Hurerei, mein schönes Kleid! Häng dieses Mist-vieh an die Leine!"

„Aber Ivania! Was für Worte du kennst!"

Julia lächelt – nicht mehr in den Spiegel.

„Ich dachte, wir gehen auf ein Fest", klagt eine andere weibliche Stimme, „es ist so still hier!"

„Komisch, keine Leute, keine Musik! Nur das Dienstmädchen..."

„Sind wir hier richtig, Walter? Wer sind denn diese Freunde von dir?"

Florian schiebt einen Streifen Negative in den Vergrößerungsapparat. Rot und schwarz strahlt Charlottes verkehrtes Gesicht auf. Florian richtet es ein auf einem Bogen Fotopapier und schiebt den Rotfilter beiseite, routiniert, unaufgeregt. Ein Gesicht, mehr nicht. So schiebt er dieses Silvesterfest vor sich her, Julias Idee. Längst hat er die Bewegung im Haus wahrgenommen, die Stimmen. Er läßt das belichtete Papier ins Entwicklerbad gleiten. Immer noch liebt er diesen Moment: wenn sein Bild, sein Blick aus dem Nichts aufblüht.

Charlottes Gesicht. Es könnte auch Julia sein. Die Julia von früher, immer lachend, mutwillig, ehrgeizig, extravagant. So wie Charlotte.

Seine Finger streichen über ihr Gesicht, massieren hier und dort, wie dutzende Male täglich. Wässern, fixieren, wässern. Der Puls klopft nicht schneller, noch zittern die Finger. Er liebt diese Arbeit und er wird sie weiter tun, statt den Gastgeber zu machen: man kommt nicht zwei Stunden zu früh auf ein Fest. Mit einem ganzen Hofstaat von Frauen und Kindern. Welch ein Land.

Gemessenen Schrittes nähert sich ihr der rosahäutige Mann.

„Julia! Donnerwetter! Prächtig, prächtig!" Er weist auf eines der braunen Mädchen, das sich stets in seiner Nähe hält.

„Meine Braut."

„Sehr erfreut", sagt Julia zerstreut.

„Die Schwester meiner Braut."

„Sehr angenehm."

„Die Cousine meiner Braut und ihr Kleiner."

„Guten Abend. Setzt Euch. Bedient Euch. Fühlt Euch wie zuhause. Wir haben Euch nicht so früh erwartet ..."

„Die Kinder, du verstehst ...", lächelt Walter.

Ein Kind greint in den Rock einer Frau. Ob Julia zufällig Spielzeug im Haus hat, oder ein paar Bilderbücher ...

Es war ein harter Tag, ein heißer Tag. Der Staub der Stadt hat ihr Nase und Mund getrocknet. Rauchende, knatternde, strandende Gefährte, Menschentrauben, die aus Bussen hängen, abgebrühte Kleinkinder, die Zigaretten und Kaugummi verkaufen. Träge und stur ist diese Stadt in ihrem Weg gelegen. Sie hat Julia in die Flucht gezwungen, schmutzig, schwitzend, entnervt. Und Charlotte. Diese andere, die sich bei ihr eingenistet hat und ihr beständig im Nacken sitzt.

„Mama, ich muß mal!"

Soll Mercedes mit den Häppchen kommen, damit irgend etwas passiert? Dann fressen die alles weg, noch bevor das Fest begonnen hat. Dieses Volk frißt alles ratzekahl, was ihm in den Weg kommt.

„Und Ihr Mann?" fragt Walters Mädchen.

Armes Kind. Walter ist so unausstehlich, so häßlich, so langweilig. Und fast doppelt so alt. Verkauft sich für ein paar Silberlinge an einen Kerl, der sie Püppchen nennt.

„Sind Sie schon lange verheiratet?"

Was wird, wenn sie erwachsen ist und Walter sieht, ohne den Glorienschein seiner paar Dollars? Wenn seine rosa Haut sie nicht mehr stolz macht auf den weißen Ehemann, sondern sie nur noch an ein junges Schwein erinnert?

„Wieviele Kinder haben Sie?"

„Keine, gottseidank. Kinder langweilen mich. Oder sie machen mich nervös."

„Fühlen Sie sich denn nicht einsam, in dem großen Haus, ganz ohne Familie?"

Das arme Ding schaudert bei dem Gedanken, mit Walter allein leben zu müssen. Überhaupt, ein Leben mit Walter! Den nimmt ihr keine weg. Oder doch? Wie oft begegnet diese Kleine einem Mädchen, das ihr gleicht wie ein Ei dem anderen? Aber sie erschrickt nicht, im Gegenteil.

Da ist sie wieder, Charlotte. Die Frau, die die Nerven bewahrt. Die sich angenehm zu machen weiß. Julia kennt die Verkleidung, das trojanische Pferd. So erobert man, nimmt man ein, gestern Julia, heute Charlotte. Kühl planend, ein klares Ziel vor Augen: die Festung Mann. Es funktioniert. Immer. Gleich wird sie auftauchen, die kluge Charlotte. Neben Florian, ganz charmante Gastgeberin, vermutlich.

Die braunen Frauen lachen und schwatzen scheinbar sorglos, obwohl ihr Dasein keineswegs rosig ist. Sie bringen es mühelos fertig, nur an heute, an das Jetzt zu denken. So wird das Leben erträglich. Der Familienclan, innerhalb dessen sie sich fast ausschließlich bewegen, gibt ihnen ein bißchen Sicherheit, Schutz und Identität. Die Frauen erscheinen Julia viel jünger, als es ihrem Alter entspräche. Sie wechseln von der Rolle des Kindes direkt zu der der Matrone ...

In der Tür lehnt Florian, nur von ihr erahnt. Ein kühles Grau senkt sich vom Himmel auf den Garten. Der Wind rauscht mit den hohen Palmkronen und kräuselt das Wasser. Julia fröstelt. Warum wollte sie dieses Fest, warum? Warum haßt sie Charlotte? Fürchtet sie Charlotte? Warum will Charlotte sie einnehmen? Um sie ruhig zu stellen? Einzulullen? Bald wird sie auftauchen, Charlotte, diesen Abend läßt sie sich nicht entgehen.

Julia sagt: Bedient Euch, Mercedes, die Häppchen, was trinkt ihr, dieser Wind heute nach dem heißen Tag, Mercedes, hast du Don Camillo die Einladung gebracht, und, wird er kommen, aber natürlich, wartet erst, bis die anderen Gäste kommen, getanzt wird genug, mein Mann arbeitet noch in der Dunkelkammer, ein sehr interessantes Land, sehr freundlich, damit habe ich noch keine Erfahrungen gemacht.

Walter hat den Schatten in der Terrassentür gesehen.

„Versteckst du dich, Junge?" ruft er. „Hast du Angst vor den jungen Damen?"

Florian richtet sich auf und fühlt sich in die Pflicht genommen. Er beugt sich, einmal noch, wieviele Male noch?

Neue Gäste kommen über den Rasen: Kennt ihr schon meine Schwester? Sehr erfreut. Die Arbeitskollegin meiner Schwester ...

„Wie interessant. Was arbeiten Sie denn?"

Die Schwester ist Entwicklungshelferin. Die braune Kollegin lächelt und schweigt. In eine peinliche Stille sagt die Schwester: „Ganz schön schickimicki hier!"

Julia lächelt freundlich.

„Wir brauchen das, um arbeiten zu können."

„Ach. An welchem Projekt arbeitest du denn?"

Julia zieht die Brauen hoch.

„Ich male", sagt sie und braucht plötzlich ihren ersten Drink. Zu früh, aber es ist dringend.

Da hat jemand seine Mutter mitgebracht, die Mutter ihre Freundin, die Freundin ihre Töchter und die Töchter ihre Kinder. Es fehlt also nicht an Leben auf Julias Fest. Die wenigen Männer sind rosa, weiß oder grau im Gesicht und haben die Wahl.

Die Schwester hat sich umgesehen.

„Wenn man bedenkt, wie das Volk lebt, in Einfachheit und Würde ..."

„Ich würde mich hier garnicht wohlfühlen", sagt Walter. Sein Mädchen schaut ihn verständnislos an.

Die Schwester nickt.

„Die sollten einmal wie unsereins jeden Morgen Reis und Bohnen verlesen ..."

Jetzt liegt der Garten im Flutlicht. Salsa quillt aus den Lautsprecherboxen. Die Mädchen spingen auf. Sie treten von einem Bein auf das andere und rudern mit den Ellenbogen, an der Musik vorbei.

Julia steht in der Küche, an der improvisierten Bar. Limonensaft, Eis, Rum nicht zu knapp. Der erste Schluck, der durch die Adern fließt, die Sinne weckt und beruhigt zugleich, durch und durch angenehm ist, kalt, sauer, feurig. Vielleicht sind all diese Leute auch gar nicht so schrecklich.

Florian sitzt im Schaukelstuhl auf der Terrasse, vor sich ein Wasserglas voll Rum. Er hält sich leicht vornübergebeugt, die Hände zwischen den Knien ineinander verschränkt, den Kopf gesenkt. Vielleicht schläft er.

Hier treffen einander die, die sich täglich begegnen. Es ist eine kleine Kolonie. Experten, Berater, Korrespondenten. Hilfswillige Ehefrauen, heiratslustige Schwestern und Schwägerinnen, Frauen im Hauptberuf.

„Wir haben jetzt endlich auch einen Videorecorder gekauft. Für die Kinder."

„Toll. Bloß diese ewigen Stromausfälle nerven so. Wenn es gerade richtig schön spannend ist ..."

„Wie vorgestern bei der Telenovela. Die Kinder waren sauer."

Plötzlich spitze Entzückensschreie, das Klappern hoher Absätze auf den Fließen. Ihr Auftritt, unverkennbar, unüberhörbar.

Julia steht blind und taub in der Küche und trinkt wie ein letztes Atemholen. Wozu dieses Fest? Ihr Glück hatte sie zeigen wollen. Sich im Neid der weniger Glücklichen sonnen wollen. Sie tötet ihre Zigarette aus, strafft sich und bringt ihren Mund zum Lächeln. Dann marschiert sie los.

Da bist du ja endlich, sagt sie und küßt links und rechts. Sie legt der anderen die Hand auf den Arm und sagt, komm mit, ich will dich unseren Gästen vorstellen, die können es kaum erwarten, dich kennenzulernen.

Charlottes schwarze Augen funkeln. Ihr Atem geht schneller als gewöhnlich. Sie spricht kaum und verteilt ungeduldiges Kopfnicken. Sie sucht. Sie hat ein Ziel.

Julia meint, die Unruhe der anderen im eigenen Körper zu spüren. Sie muß sich nicht an deren Fersen heften, um zu wissen, was geschehen wird. Den Mann, der widersteht, wenn sie ihn will, hat es noch nicht gegeben. Und Charlotte will.

„Mir gefällt es hier", sagt Walters Braut versonnen. „Du solltest uns auch ein Haus mit Swimmingpool kaufen. Dann könnte ich schwimmen lernen ..."

Die Nacht ist bitterschwarz. Der Wind treibt eine endlose Wolkendecke vor sich her, die kaum je aufbricht, um die Sterne darüber sehen zu lassen. Dennoch richten sich die Augen der ganzen Stadt empor, um die Feuerwerkskörper platzen zu sehen. Man will ein neues Jahr feiern. Essen, Trinken, Tanzen, Küssen, Lachen und Weinen sehen. Aber dieses Fest will nicht rauschen. Julia zieht es zurück zu ihrem Drink. Das langweiligste Fest seit Menschengedenken. Sie verflucht ihre Eitelkeit, die ihr diese Idee eingegeben hat. Sie hört die hagere Entwicklungshelferin sagen: „Dieser ganze Luxus auf Kosten des Volkes!"

Und ihr Bruder, verwirrt: „Florian hat doch mit dem Volk nichts zu tun ..."

An der Bar stehen nur zwei Menschen. Sie trinken nicht. Charlotte spricht leise und eindringlich. Florian lächelt ihr in die Augen. So nahe sind sich ihre Körper, kein Messer paßte zwischen sie, und berühren sich doch nicht. Sie sehen und hören Julia nicht, haben Augen und Ohren nur für sich. Eine kindliche Zerstörungswut steigt in ihr hoch, eine Lust, zu schreien und mit den Füßen aufzustampfen, um sich zu schlagen und zu beißen. Charlotte läßt ein tiefes, gurrendes Lachen hören. Sie lacht Florian ins Gesicht. Sie lacht nicht aus Fröhlichkeit.

Wieder meint Julia, sich im Spiegel zu erkennen. In einem dunklen Spiegel. Sie haßt das Bild, das er ihr zeigt.

Draußen schwingt ein Walzer in der Luft, Mädchen kreischen. Sie fürchten, tanzend zu ertrinken. Zwei gelbe Papageien, durchs Scheinwerferlicht verwirrt, keifen schrill im Mangobaum. Fledermäuse suchen nach einem neuen Versteck. Eine kühle Nacht. Heute läßt sich nicht luftfächelnd über das barbarische Klima klagen.

Julia streift durch Haus und Garten, Garten und Haus. Sie gibt passende Antworten und lacht an den richtigen Stellen. Dahinter träumt es von Ohrfeigen und Fußtritten, vom Spucken ins Gesicht und Haareausreißen.

„Ich hab es satt, so satt. Der Kerl besäuft sich jeden Abend bis zum Umfallen." Ediths Probleme.

„Laß ihn doch. Was kümmert`s dich?"

„Ach, Julia. Weißt du, wann wir das letzte Mal miteinander geschlafen haben? Vor vier Monaten!" Arme Edith.

„Nimm dir einen Liebhaber!"

„Wen denn?" Sie hat recht. Das ist das Problem.

Charlotte sitzt im Gras, zu Florians Füßen, wie gemalt. Julias Hand könnte in dem weißen Gesicht landen und es blutig kratzen, das Mondgesicht. Florian schläft nun nicht mehr, beileibe nicht.

Mit einem Mal scheint er gelöst und freundlich, festlich. Er erzählt die alten Geschichten, launige Geschichten. Die Männer rücken die Stühle näher heran. Aber er erzählt für diese eine, die an seinen Lippen hängt, deren Augen ihn verschlingen und die stets als erste lacht.

Julia muß mitspielen. Sie will sich nicht verdoppeln. Und will auch nicht durchsichtig werden und unsichtbar. Böse will sie sein aus ganzem Herzen. Den Spiegel zerschlagen.

„Komm, Liebster, laß uns tanzen!" sagt sie.

Natürlich steht er auf. Zuckt lächelnd die Achseln. Geleitet seine Frau zur Tanzfläche. Julia spürt die Blicke in ihrem Rücken.

„Was hat sie denn plötzlich?" fragt Walters Mädchen laut. Charlotte lacht in sich hinein.

Die Frauen stoßen einander mit den Ellbogen. Die Schwester verzieht den Mund schmal nach unten. Edith ist aufgestanden und wandert ruhelos zwischen den Tischen hin und her. Und Julia mischt sich einen neuen Drink. Alkohol, saurer, kalter Alkohol. Sie schüttet ihn in die Kehle, als wolle sie das wütende Tier in sich ersäufen.

„Julia." Edith legt ihr den Arm um die Schultern. „Ich wundere mich. Daß du dir das gefallen läßt."

Julia wendet sich ab und sagt, was dagegen wohl zu tun sei. Sie hat nicht gefragt.

„Ja, merkst du denn nichts? Die läßt ja keine Zweifel aufkommen!"

Jaja, sagt Julia, das müsse man eben aushalten. Auch sie kenne verbotene Träumereien. Das sei wohl eine Art Strafe.

„Bist du verrückt, Träumereien? Die nimmt Dir vor aller Augen den Mann weg!"

Das scheine ihr übertrieben, sagt Julia, ohne Überzeugung.

„Und wetten möchte ich, jetzt tanzen sie gerade miteinander. Die läßt ihn ja nicht aus den Klauen!"

Sie tanzen miteinander. Hoch und aufrecht, einer in des anderen Blick versunken, ein schönes Paar. Ineinander verschlungen drehen sie sich langsam in den Schatten des großen Mangobaums. Das wilde Tier in Julia schnaubt und stampft und geht durch.

Damenwahl, sagt Julia, es ist zum Lachen. Niemand lacht. Alle Blicke starren in den Schatten des Mangobaums. Das ist besser als Fernsehen. Jetzt steht Charlotte allein. Mechanisch dreht das andere Paar sich im Kreis. Julia sieht zu dem Mann auf wie ein Hund. Unversehens ist es ein spannender Abend geworden. Charlotte starrt auf die Tanzenden. Plötzlich wirft sie den schwarzen Kopf zurück und marschiert los, die hohen Absätze hart in den Boden setzend.

Diesen Blick haben alle gesehen. Wenn Blicke töten könnten, sagen sie. Wie eine Schlange, sagen sie. Vielleicht wird Julia die andere raus-schmeißen? Vielleicht wird Florian seine Neue verteidigen? Genaueres erfahren wir in der nächsten Folge. Aber nein. Das ist e c h t, und wir spielen mit, am Rande. Was heißt echt? Fast so wie im Fernsehen.

Und plötzlich steht ein alter Mann da, in ihrer aller Mitte, wie vom Himmel gefallen. Ein alter Mann mit langem, weißem Haar, mit weißem Bart und weißem Hemd und einem Buch in der Hand. Julia schließt die Augen und öffnet sie wieder. Eine Vision, zweifellos.

Aber da steht er, der alte Mann und ihre Gäste murmeln ehrfürchtig. Da steht er und sieht sie an, sie, Julia. Mercedes eilt herbei und knickst vor dem alten Mann. Don Camillo, denkt Julia. Er ist also gekommen. Ich muß mich zusammennehmen. Sie zieht die Mundwinkeln hoch und geht auf den späten Gast zu. Willkommen, sagt sie, was für eine Ehre, was für eine Freude, einen so berühmten Mann endlich persönlich kennenzulernen, wo man doch buchstäblich nebeneinander lebt.

Der alte Dichter sieht sie an, sieht sie ganz genau an, genauer, als es höflich ist. Dann sagt er: „Ich habe Ihnen das mitgebracht. Damit Sie wissen, mit wem Sie es zu tun haben."

Er reicht ihr das Buch. Seine gesammelten Erzählungen. Artig bittet sie um eine Widmung. Er zieht eine altmodische Füllfeder aus der Hemdtasche und schreibt.

Mitternacht ist da und das neue Jahr. Ein Krieg der Böller tobt über der Stadt, allerorts wird in die Luft geschossen oder daneben, geschrien und getrunken, wird geküßt mit Wangen, Lippen, Zungen, Brüsten und Bäuchen. Ja, und wieder wird getanzt, ein neues Jahr, ein neues Fest.

„Wenn das neue Jahr wird wie das alte ..." sagt Julia.

„Es war ein gutes Jahr", sagt Florian.

Auf der Terrasse hat man Tische zu einer langen Tafel zusammengerückt. Fast ist es still geworden, so beschäftigt sind alle mit Essen und Trinken. Der Wind hat sich gelegt und die Feuerwerke des neuen Jahres knallen gegen klare Sterne an. Die

Vögel im Mangobaum stecken die Köpfe tiefer in das Gefieder.

Der alte Dichter erzählt von seiner Finca im Süden, am großen Fluß, seinem Stückchen Erde, dem Dschungel abgerungen. Er nennt sie El Paraiso. Im Paradies verbringe man die Tage fischend in verzweigten Gewässern oder gehe mit den kleinen Indianerpferdchen, die sein Sohn dort halte, auf die Jagd in den Wald. Das sei im Grunde das einzig richtige Leben für einen Mann. Das Paradies, jawohl, das Paradies.

Aber die wilden Tiere?

Die Tiere fliehen vor dem Menschen, und sie wissen warum. Wissen, daß der Mensch ihrer aller Feind ist. Ein Ausgestoßener aus dem Reich der Unschuld.

Aber ist es nicht schrecklich einsam dort draußen in der Wildnis?

Der Mensch ist nie einsam genug.

Wie seltsam. Poetisch, vielleicht. Unser großer Dichter, Don Camillo, lebe hoch!

Da springt Charlotte auf und tanzt. Tanzt mit den Augen und sehnsuchtsvoll sich windenden Armen. Seht mich alle an, sagt ihr Tanz, sieh du mich an und vergiß mich nicht. Du!

Eine heiße Welle schlägt über Julias Kopf zusammen. Ich kenne dich. Ich hasse dich. Ich hasse mich.

Sie springt auf und wirft den Tisch um. Die Mordlust steht ihr im Gesicht. Mit einem Mal ist es sehr still geworden. Die Blicke verbergen sich hinter Haarsträhnen und gespreizten Fingern. Der alte Dichter hat die Augen geschlossen. Nur Charlotte tanzt weiter.

Die Zeit setzt einen Herzschlag lang aus, dann flüchtet Julia. Sie zieht sich das Laken über den Kopf, will nichts mehr sehen, will nicht gesehen werden, will nichts mehr wissen, will in den Schlaf entkommen, in den Nebel, in den Traum.

Vor ihrem Fenster klingen Tangos, Gelächter und kleine, spitze Schreie. Es gibt kein Entkommen. Sie kennt das Ende der Geschichte längst. Die Wut fährt ihr von Neuem in die Glieder. Sie hat sich verdrängen lassen. Charlotte steht an ihrem Platz. Und sie, Julia, hockt im Schlafzimmer, heulend.

Draußen Tango. Charlotte. Sie will es sehen, mit eigenen Augen sehen, begreifen.

Keiner nimmt ihre trotzige Rückkehr wahr. Der alte Dichter hält den Kopf in die Hand gestützt, sodaß niemand sieht, was er sieht.

Julia steht in der Terrassentür und starrt auf das Bild, daß sie schon seit jeher erwartet hat. Wie oft haben sie einander schon so geküßt? Es muß das erste Mal sein, so versunken sind sie, so jenseits aller Welt ... Charlotte zieht seinen Nacken an sich, seine Hände liegen auf ihren Brüsten. Julia denkt an die Worte, die sie sich vor diesem Kuß, zwischen den Küssen gesagt haben müssen, ohne Zweifel, Worte der Liebe, des Verlangens, Worte, die einfach aus dem Mund sprudeln, bevor er küßt.

Sie möchte sie morden und zieht der anderen nur den Stuhl unter dem Leib weg, Gipfel der Lächerlichkeit. Das gehässige, eifersüchtige Tier wütet los, doch schon geht ihm der Atem aus, die Kraft, die Bosheit. Klein sitzt sie neben dem alten Dichter und weint, worüber weiß sie nicht.

„Charlotte wird eine Woche länger bei uns bleiben", sagt Florian, „es ist dir doch recht?"

„Mir ist alles recht. Alles egal."

„Nimm dich doch zusammen, ich bitte dich!"

„Zusammennehmen! Warum soll ausgerechnet ich mich zusammennehmen? Und jetzt, wo ohnehin alles egal ist ..." Sie weint, sentimental, betrunken.

„Wovon sprichst du, du bist betrunken!"

„Leider nicht. Es will mir heute abend nicht gelingen."

„Geh ins Bett."

„Ich gehe, aber nur mit dir."

Im Bett stillt Florian ihre Tränen mit ungewohnter Leidenschaft. Vielleicht versucht er sich in die andere stoßend zu denken. Wo hört sie auf, fängt die andere an? Es ist egal. Gleich. Dieselbe, gleiche ... Oder träumt sie schon. Wie lange schon? Durch den Traumnebel hört sie ihn aus dem Bett steigen. Er wird lange nicht zurückkommen. Da wartet jemand.

VII.

Der alte Dichter saß an seinem Schreibtisch, einem
mächtigen, barock anmutenden Möbel, das er sich
in die Gärtnerhütte hatte schleppen lassen. Nur mit
größter Mühe, mit Schieben, Drehen und Neigen
hatte man das Ungetüm durch den Eingang
zwängen können.

Da saß er nun, vor sich eine Flasche Rum und ein
weißes Blatt Papier und kaute an seinem
Federhalter. Er war fest zum Schreiben
entschlossen. Allen, die sein schmales Werk
belächelten, würde er den Wind aus den Segeln
nehmen. Auch mit Rosario konnte er es auf diese
Weise aufnehmen: zum Schreiben brauche er die
Zurückgezogenheit in der Gärtnerhütte, zur
Inspiration ein paar Schluck Rum. Er würde nur zu
den Mahlzeiten ins große Haus zurückkehren und
zur Dämmerstunde, um seinen Ausguck auf der
Balustrade zu beziehen.

Jetzt wollte er schreiben, die Geschichte eines alten
Mannes schreiben, der sich in eine junge Frau
verliebt. Es galt vor allem, einen zündenden
Anfang zu finden, einen magischen ersten Satz, der
alle anderen Sätze zwingend nach sich ziehen
würde. Bei einem ersten Satz durfte man nichts
überstürzen. War es der falsche, so folgte darauf
nichts als Leere.

Der alte Dichter griff nach der Flasche und nahm
einen tiefen Schluck. Dann stand er auf und träu-
felte Rum über ein halbes Dutzend dunkler Holz-
figürchen, die in einer hinteren Ecke des Raumes

zwischen allerhand Plunder, Fetzen, Federn, Kerzen aufgestellt waren.

„Camillo!"

Rosario stand im Eingang, den Lumpen, der als Tür diente, gelüpft, sodaß das grelle Tageslicht hereinstrahlte und ihn blendete.

„Was machst du da?"

Der alte Dichter fühlte, wie ihm das heiße Blut in den Kopf stieg und umklammerte einen der von vielen Blutopfern klebrigen Fetische, einen schlanken, steinernen Sakpata.

„Rosario, verschwinde, du hast hier nichts zu suchen!"

„Nichts zu suchen?" Rosarios Stimme schraubte sich in atemberaubend schrille Höhen. „Das hast du dir so gedacht, was! Daß du dich hier in aller Ruhe besaufen kannst! Gib mir die Flasche!"

Sie trippelte um den Schreibtisch herum.

„Da, nicht eine Zeile hat er geschrieben! Ein weißes Blatt! Aber eine halbe Flasche Rum gesoffen!"

Der alte Dichter wich in die Ecke zurück.

„Rosario, ich warne dich, laß mich hier in Ruhe. Du hast das ganze große Haus für dich. Laß mir die Hütte!"

„Abreißen lasse ich sie. Den ganzen Mist verbrennen werde ich. Was ist das für ekelhaftes Zeug dort im Eck?"

Rosario kam auf ihn zu, winzig, vor Empörung zitternd. Er stand mit gespreizten Beinen schützend vor den Fetischen.

„Camillo! Laß mich da hin, den Mist wegräumen!"

Sie zerrte an seinem Arm, um ihn beiseite zu schieben. Der alte Dichter schüttelte sie heftig ab, doch Rosario ließ nicht los und kreischte immerzu: „Laß mich, laß mich!"

Er trat aprupt einen Schritt zur Seite, sodaß Rosario das Gleichgewicht verlor, vorwärts taumelte und mitten unter die blutklebrigen Fetische fiel. Der alte Dichter beugte sich vor, um seiner Frau aufzuhelfen und erstarrte mitten in der Bewegung. Zwischen Fetischen, Körben, Bündeln und Kerzenresten wand sich eilig ein leuchtendgrüner Faden: Coral, die Schlange, deren Gift in Minutenschnelle tötet. Der alte Dichter hielt den Atem an. Auf dem Boden strampelte Rosario, um wieder auf die Füße zu kommen. Wie ein greller Blitz schoß die Schlange auf sie zu und schlug den Kopf in ihren nackten, runzeligen Arm. Und Rosario schrie, schrie gellend, schrie aus Leibeskräften. Der alte Dichter wagte nicht, sich zu bewegen. Instiktiv hatte er versucht, die Schlange im Auge zu behalten, aber sie war zwischen den Fetischen und dem Kram verschwunden. Jede Bewegung konnte sein Tod sein. Schlangen spüren ihre Opfer auf Grund deren Körpertemperatur auf, schoß es ihm durch den Kopf. Ja, so hieß es, aber es hieß auch, sie griffen Menschen nur an, wenn sie sich in die Enge getrieben fühlten.

Und Rosario schrie. Wenn es stimmte, was man sagte, so war sie verloren. Auf der Finca hielt man für solche Fälle Serum bereit. Aber hier, in der Stadt? Jedenfalls würde es Stunden dauern, bis man ihr das Gegengift verabreichen konnte.

Rosarios Schrei schien an Kraft zu verlieren und ging in ein Japsen nach Luft über. Der alte Dichter wagte immer noch nicht, sich zu bewegen oder auch nur nach Hilfe zu rufen. Wie gebannt sah er zu, wie ihre schreckgeweiteten Augen ihn um Hilfe anflehten. Ihr Gesicht lief blau an und schien sich wie ein Luftballon aufzublähen. Sie würgte und die Augen traten aus ihren Höhlen. Der Mund stand wie in einer Art Krampf weit offen. Sie erstarrte. Der dumpfe Aufschlag ihres Schädels auf dem gestampften Lehmboden riß den alten Dichter aus seinem Bann.

„Hilfe!" schrie er. „Eine Coral! Zu Hilfe!"

Er wagte einen Satz nach rückwärts und lief, alle seine Kräfte zusammennehmend, schreiend und hüpfend wie von Sinnen, aus der Gärtnerhütte.

„Ignacia!" schrie er. „Ignacia! Zu Hilfe!"

Stille. Dumpfe, brütende Stille. Nur die Grillen zirpten in der Mittagshitze.

„Ignacia!" Er keuchte. Seine Stimme drohte zu versagen. Keine Antwort. Nur von weither das ewige Gebrumm der Stadt unter dem Hügel.

„Ignacia!"

Er rannte den schmalen Pfad zum Haus entlang, so gut er konnte.

„Hilfe! Ignacia!"

Er stützte sich atemlos am Türstock des Portals ab. Es schien ihm unheimlich still und dunkel in dem großen Haus. Er tappte der Wand des Flurs entlang Richtung Küche. Hier war niemand. Alles schien wie plötzlich verlassen. Einem Huhn war gerade der Kopf abgeschlagen worden. Der Hühnerkopf starrte den alten Dichter aus der Spüle her an. Auf dem gefliesten Fußboden ein Korb mit Hühnerfedern. Nur das Huhn selbst war nirgends zu sehen.

Idiot, schallte sich der alte Dichter, was zerbrichst du dir jetzt über Hühner den Kopf. Ignacia ist ganz offensichtlich nicht im Haus. Sie im Garten suchen? Isidro anrufen? Warum war, verdammt noch mal, gerade jetzt kein Mensch weit und breit? Keine Hilfe, kein Beistand. Warum ließ man ihn ausgerechnet jetzt ganz allein mit dem Schrecken. Für Rosario kam vermutlich ohnehin jede Hilfe zu spät, schoß es ihm durch den Kopf. War das nun gut oder schlecht?

Der alte Dichter ließ sich ächzend am Küchentisch nieder und goß sich aus einem tönernen Krug Wasser in ein Glas.

„Ignacia!" rief er noch einmal zaghaft, ohne Hoffnung, gehört zu werden.

Ich muß mich an den Gedanken gewöhnen, dachte der alte Dichter, Rosario ist tot. Mich trifft keine Schuld. Nein, bestimmt nicht, ich hätte ihr nicht helfen können. Höchstens mich selbst auch noch umbringen. Warum dann dieses würgende Schuldgefühl in der Brust?

Sakpata, dachte der alte Dichter, es war der Gott der Seuchen. Ich kann nichts dafür. Ich bin zwar der Jujumann, aber ich hätte ihr nicht helfen können. Hätte ich es gewollt? Unsinn. Da war keine Zeit, keine Möglichkeit, sich zu entscheiden. Sie hat die Fetische bedroht und Sakpata hat sie getötet. So war es. Aber das konnte er natürlich keinem erzählen. Schon gar nicht dem alten Isidro, den er würde holen müssen, um den Tod zu bestätigen und den ganzen ekelhaften Mechanismus von Aufbahrung, Begräbnis, Leichenschmaus in Gang zu setzen. Es graute ihm vor den Tagen, die nun vor ihm lagen. Andererseits zog am Horizont die strahlende Aussicht eines Lebens ohne Rosario auf. Er würde tun und lassen können,

was ihm beliebte. Kein Gekeif, keine Maßrege-
lungen, keine Heimlichkeiten. Plötzlich wünschte
der alte Dichter aus ganzem Herzen, einen
Menschen zu sehen. Er würde die Nachbarn zu
Hilfe holen. Mercedes. Wenn er Glück hatte, war
Julia zuhause.

Wieder zwang er seine armen Beine in einen
mühsamen Trab. Auch das Nachbarhaus schien
wie verlassen. Er stieß das Gartentor auf, keuchte
mühsam die Auffahrt entlang und pochte
schließlich mit letzter Kraft an die Haustür der
Gringos.

Nach einer Ewigkeit, wie ihm schien, hörte er
Schritte im Inneren des Hauses und schließlich
Julias Stimme: „Wer is`?"

Sie schien entweder schwer erkältet zu sein oder
betrunken.

„Camillo. Ich bins. Der Nachbar von gegenüber,
Sie erinnern sich doch?"

Kettenrasseln an der Tür. Dahinter hörte er sie in
ihrer fremden Sprache stammeln. Es klang
eindeutig nach Fluchen. Ein Schlüssel schien lange
vergeblich sein Schloß zu suchen. Endlich wurde
die Tür aufgerissen. Julia stützte sich gegen den
Rahmen. „Hallo!"

Sie war sturzbetrunken. Am hellen Mittag. Von ihr
war keine Hilfe zu erwarten, sie brauchte selbst
Hilfe, soviel war klar.

„Verzeihen Sie die Störung, aber ich weiß mir
nicht zu helfen, meine Frau ..."

Sie zog eine angewiderte Grimasse.

„Weiber. Hasse alle Weiber, alle. Hyänen. Werden
Weiber zu Hyänen. Schiller. Oder so."

Der alte Dichter stöhnte. Die betrunkene Julia würde keinesfalls weiterhelfen.

„Meiner Frau geht es nicht gut. Sie braucht Hilfe."

„Na und. Brauche auch Hilfe."

„Ich fürchte, sie liegt im Sterben ..."

„Soll doch abkratzen, sollen doch alle abkratzen."

Der alte Dichter holte tief Atem: „Eine Korallenschlange hat sie gebissen. Vielleicht ... ist sie schon ... abgekratzt."

Sie blickte erstaunt auf. Einen Augenblick lang wirkte sie ganz nüchtern.

„Soso."

Vielleicht war es gar keine gute Idee gewesen, die Gringos in diese Sache zu verwickeln.

„Ist Mercedes im Haus? Meine Ignacia ist leider verschwunden. Im ungünstigsten Moment, naturgemäß."

Julia wandte sich schwankend um und schrie: „Mer – ce – des!"

Stille. Julia zuckte mit den Achseln. Das war typisch, dachte der alte Dichter wutentbrannt. Dieses Pack schien heikle Situationen zu riechen und dann wie auf Verabredung zu verschwinden.

„Is mit ihrer Tante zum Markt", lallte Julia und schnitt eine wichtigtuerische Grimasse.

„Und Ihr Mann ..."

Sie lachte böse und lange.

„Was für mein Mann? Habe schon längst keinen Mann mehr. Kein Mann weit und breit."

„Das tut mir leid. Dann gehe ich wohl besser wieder. Werde den Doktor rufen. Was bleibt mir anderes übrig."

Sie wankte leicht in der Türöffnung.

„Halt. Gehe mit. Verstehe. Hilfe in der Not."

Sie tappte nach der Schulter des alten Dichters, wollte ihm wohl ermutigend auf den Rücken schlagen und landete taumelnd in seinen Armen. Sie sah ihm überrascht in die Augen. Er konnte deutlich den Rum in ihrem Atem riechen.

„Armes Kind", sagte der alte Dichter. „Hast selbst genug Probleme. Leg dich hin und schlaf dich aus."

Julia schüttelte störrisch den Kopf.

„Nein. Helfen. Eine Hand wäscht die andere. Ja?"

Er streichelte beruhigend ihren Rücken, ihre Arme, geriet in die Region ihres Busens. Doch er rief sich zur Ordnung. Dies war wahrlich nicht der rechte Moment. Aber der würde kommen, dessen war er sich nun sicher. Die Sache war es wert, daß er sich zusammenriß und diese leidige Unfallgeschichte hinter sich brachte wie ein Mann.

Er begann, Julia behutsam ins Innere des Hauses zu führen.

„Komm, komm, mein Kind, du hilfst mir am besten, wenn du dich hinlegst und schläfst. Wo ist dein Schlafzimmer?"

„Schlafzimmer?" Sie sah ihn verdutzt an.

„Ja, ja, komm, schlafen ist die beste Medizin ..."

„Schlafen?" murmelte sie zweifelnd, während er die Tür öffnete.

Der alte Dichter hob das Moskitonetz mit einer Hand an und ließ Julia mit der anderen sanft auf das Bett gleiten. Er überlegte, ob er sie ausziehen sollte. Sie atmete tief und regelmäßig. Da zerriß ein Schrei die Stille wie tausend Sirenen.

„Ayayayayaya ..."

Ein endloser, schriller Klageschrei aus der Gärtnerhütte.

VIII.

Vogelstimmen, Menschenstimmen. Vorsichtig schlägt Julia die Augen auf, als fürchte sie, damit ein zusätzliches Geräusch zu verursachen. Ganz nahe liegt Florians Kopf, in eine Handfläche geschmiegt, tiefschlafend. Sie läßt die Lider über das Bild klappen, um wieder ins Schlafgrau zu versinken. Der Kopf. Der Schmerz. Ein dumpfes Dröhnen, hallendes Hämmern, das keinen letzten Traum mehr zuläßt. Wo sie Stille wünscht, sind deutlich Stimmen auszumachen. Vorsichtig legt sie eine Hand auf ihre schweißnasse Stirn und wirft einen zweiten Blick auf die Welt. Florian sieht sie an.

„Mein Kopf", sagt Julia.

„Meiner auch."

Er streckt eine Hand nach ihrer Schulter aus. Sie läßt sich an seinen Körper ziehen, an seine heiße Haut, schiebt ihre Knie zwischen seine Beine, schlingt einen Arm um seine Brust und birgt ihr Gesicht in seiner Achselbeuge. Sie taucht ein in den vertrauten Geruch. Er erfüllt sie mit Rührung, dieser Geruch eines sauber gebadeten Kindes. Ein Reflex.

Sie wird jetzt nicht mehr schlafen, nicht wegen des Schmerzes im Kopf, nicht wegen der fremden Stimmen im Garten. Ein geteilter Schmerz. Eine geteilte Nacht. Ein gemeinsames Aufwachen. Julia wehrt sich gegen das Denken, das sich in ihrem wehen Hirn zu regen beginnt. Sie wehrt sich gegen diese laute Welt, die außerhalb ihres Schlafzimmers längst wieder den Takt aufgenommen hat.

„Walter. Was für eine unverschämte Bande!" sagt Florian. Er streichelt ihren Rücken und die Backen ihres Hinterteils.

„Was wollen sie nur von uns?"

„Wahrscheinlich kommen sie wegen des Swimmingpools." Florians Fingerspitzen streichen über die zarte Haut an der Innenseite ihrer Schenkel.

„Vielleicht. Aber vor allem sind sie wohl schrecklich neugierig."

Sie lachen, beide. Sie werden noch lange im Bett bleiben. Die letzten Tage waren ein böser Traum, der sich vergessen läßt. Sie besiegeln ihr Einverständnis mit wohlig schlaftrunkenen Gliedern, bis sie erschöpft und zufrieden nebeneinander liegenbleiben. Julia wünscht, die Zeit hier anhalten zu können, dieses Schlafzimmer nie verlassen zu müssen.

Die Sonne steht hoch und heiß am Himmel. Überall im Gras lagern die braunen Mädchen der Waltersippe. Sie versuchen zu schwimmen und bespritzen einander fröhlich mit Wasser. Ein wenig abseits liegt Charlotte hingegossen unter dem Zitronenbaum. Ein Bild. Julia knurrt. Es ist Florian, dem ein Bild geboten werden soll.

Und überall dieses fremde Volk, das sie dutzendfach hinter gesenkten Lidern beobachtet. Warum gehen diese Leute nicht, irgendwohin, heim, in ein Hotel, ans Meer? Warum gieren sie nach ihrem, Julias, Leben?

Nicht eine Wolke am Himmel. Sie werden bleiben. Mit ihren höhnischen, wissenden Blicken verhindern, daß sie vergißt.

Florian ist aus dem Haus getreten und grüßt mit einer vagen Geste. Unter dem Zitronenbaum ein Bild für den Fotografen. Er nähert sich wie eine Marionette, von Schnüren gezogen.

Julia springt und taucht ein ins kühle, klare Naß, aber kein Wasser kann ihre Wut kühlen. Sie schwimmt hin und her und hin und her und knurrt und wünscht sich, beißen zu können.

Rundum fehlt es nicht an Mitleid und Verstehen. Genau dasselbe wollen sie erlebt haben, erduldet, mitgemacht. So ist das Leben, das Schicksal, der Mann. Sie legen Zeugnis ab und beschwören selig Skandale. Es ist eine Lust, einer beizustehen in ihrem jammervollen Frauenschicksal. Das schwebt über aller Häupter und ein Fest ist jeder Tag, da es eine andere trifft. Solange ist es an einem selbst vorübergegangen.

Unter dem blühenden Zitronenbaum immer noch Florian und Charlotte. Auch das sollen alle sehen.

Wie ich dich kenne, denkt Julia. Wie ich dich hasse. Wie mich selbst. Diese Auftritte. Diese Bilder. Diese Dramen. Diese Tricks. Diese doppelten Böden. Du lügst wie ich. Wir hassen einander. Es ist kein Platz für zwei dieser Art.

Der Schmerz hämmert in ihrem Kopf. Die Welt dreht sich. Sie will niemanden sehen. Wie ein drohendes Gewitter liegt ihre wachsende Wut in der Luft. Sie dämpft die Stimmen, duckt die Köpfe und läßt die Tiere in ihre Verstecke fliehen. Aber diese langsam hochkochende Wut kriecht auch dahin. Sie gehen aus der Schußlinie, suchen Deckung und warten auf die Explosion. Das Spiel ist noch nicht aus.

Wie immer betritt Charlotte das schattige Haus festen Schrittes und hocherhobenen Kopfes. Denn feige sind wir nicht, weiß Julia. Den Stier packen wir bei den Hörnern, beide.

„Wir sollten weiterarbeiten", sagt Charlotte und Florian nickt.

„Nein", sagt Julia.

„Ich habe meinen Rückflug verschoben, damit wir in den Süden fahren und unsere Arbeit fertigmachen können."

Florian sagt nichts.

„Nein", sagt Julia. „Das ist nicht möglich."

„Florian, laß uns zum großen Fluß fahren, wie wir es vorhatten. Jetzt."

Florian blickt zur Seite, dann auf Julia.

„Nein", sagt Julia. „Florian will nicht mit dir fahren."

„Julia", sagt Florian.

„Dann fahre ich alleine. Florian borgt mir sein Auto."

„Das tut er nicht."

Charlotte läßt den Mann nicht aus den Augen. Sie rückt näher an ihn heran, fast berühren sie sich. Sie legt eine Hand auf sein Knie.

„Florian, es ist Arbeit! Wir m ü s s e n an den Fluß fahren."

Julia springt auf und läuft aus dem Haus, gegen ihren Willen.

Ich kenne dich, denkt Julia. Du willst ihn jetzt haben, sofort und willst ihn ganz haben. In seinen Augen willst du dich spiegeln. Ich kenne mich.

Es drehen sich Haus und ungeladenen Gäste. Menschen kommen, gehen, essen, trinken, lagern um den Pool. Mercedes läuft kopflos hin und her in dem vergeblichen Versuch, die Besucher halbwegs in Schach zu halten.

Fremd, fremd irrt sie durch dieses Haus und diesen Garten und diese Menschen. Die lassen sich nicht verdrängen und nicht vertreiben. Am wenigsten Charlotte. Die hat sich festgesetzt in Julias Leben, als wäre es das ihre. Sie wird Julias Platz einnehmen, ja, sie tut es schon. Es macht keinen Unterschied. Florian und Charlotte. Es könnte ihr etwas zustoßen. Es wird viel gestorben in diesem Land. Es ist ganz einfach. Julia muß einen Plan machen, mit kühlem, nüchternen Kopf. Einen Schlachtplan. Sie lacht laut. Schlachten.

Jetzt gilt es, Kräfte zu sammeln. Sie darf sich nicht der Hilflosigkeit hingeben. Die andere will in den Süden, in den Dschungel. Gut so, dort kann vieles passieren. Dort verlieren sich alle Spuren. Sie will mit ihm gehen. Er wird sie nicht alleine lassen. Oder doch? denkt Julia hoffnungsvoll. Nein, sie darf jetzt keine Hoffnung haben, muß die Glut jeglichen Gefühls zertreten. Sie wird sich zusammenreißen, wie Florian das immer von ihr fordert.

Es ist windstill. Der Himmel hängt voll schwerer Regenwolken, durch die im Verborgenen die Sonne sticht, sodaß es scheint, als erleuchte die Erde sich selbst im düsteren Universum. Nur wenige Vögel lassen sich in den Bäumen vernehmen. Schon warten die Tiere in ihren geheimen Verstecken. Die Natur hält den Atem an.

Julia wirft sich in einen der Stühle auf der Terrasse. Florian. Sie schaukelt vor und zurück. Im Grunde wünscht er einfach, nicht behelligt zu werden. Es ist ihm nicht unangenehm, eine Frau um sich zu haben, solange sie keine Probleme macht. Auch zwei Frauen. Nur da beginnen die Probleme. Von ihm ist keine Lösung zu erwarten. Es wird eine Kraftprobe zwischen zweien werden.

Julia fröstelt. Der Wind reißt an den Zweigen. Sie nimmt ihre ziellose Wanderung wieder auf. Dies soll der letzte Abend mit Charlotte sein. Walters Sippe kommt ihr nun gerade recht, um ein Dinner zu dritt zu vermeiden. Bald will Julia aus diesem bösen Traum erwachen. Dies letzte Abendmahl noch.

Unordnung breitet sich aus überall im Haus. Küchendampf dringt in die entferntesten Winkel. Mercedes verliert den Kopf über den vielen, einander widersprechenden Anweisungen.

Dennoch singt sie, denn es herrscht wieder Leben im Haus. Mercedes mag die Stille nicht, schon gar nicht diese seltsame Stille der letzten Tage.

Julia holt tief Atem, setzt eine verbindliche Maske auf, sagt die üblichen vorgekauten Sätze und hört nicht zu. Sie schwirrt durchs Haus, holt Aperitivs aus der Küche und verschwindet im Badezimmer.

Wieder hat die Nacht die Regenwolken vertrieben und steigt nun auf wie eine Königin: tintenblau, aus Mond und allen Sternen leuchtend. Schwarz säumen ihr die Palmen den Mantel.

Julia hat den Tisch trotz drohenden Regens auf der Terrasse decken lassen. Perfekt, sagt jemand. Alles, was ihr macht, ist perfekt. Julia lächelt. Und wenn du Kummer hast, vertrau dich mir ruhig an. Ich kenne das Leben.

Sie findet Charlotte hingestreut auf dem Sofa der Sala. Florians Sofa.

„Ach ja", sagt Julia.

Charlotte spricht wie im Fieber. Wie wunderbar es ihr gehe und wie märchenhaft die letzten Tage gewesen seien. Bezaubernde Menschen! Nicht vorstellen könne sich Julia, wie beeindruckt ...

„Ach ja", sagt Julia und geht. Mixt sich einen Drink. Es ist soweit. Als sie wiederkommt, sitzen auf dem Sofa Florian und Charlotte. Sie spricht lachend auf ihn ein. Ihre Hand streicht freundschaftlich über seinen Schenkel. Julia, in der Tür, schüttelt den Kopf.

Charlotte lacht und spricht ohne Unterlaß. Sie hat nichts zu verbergen, im Gegenteil. Alle sollen sie sehen. Und vor allen Julia. Florian beobachtet sie. Charlotte wird ein wenig lauter vor Anstrengung. Der letzte Abend. Wer weiß. Und keiner wird Charlotte vergessen. Florian wendet den Blick nicht von ihr.

Julias Kopf wird groß und schwer, als träume sie sich. Als solle sie etwas ganz und gar Unmögliches glauben, als sei, was sie sehe, wider jede Vernunft. Der Plan, sagt sie vor sich hin, man muß einen Plan schmieden. Sie vertreiben, wie auch immer, mit oder ohne den Mann. Sie bittet zu Tisch.

Diesen einen Abend noch. Aber Florian wird nie mehr derselbe sein. Oder war er immer schon der, den sie jetzt vor sich sieht? Der sie, Julia, nicht kennen will. Der sie übersieht und wegwünscht. Sie wird das nicht vergessen können. Ein tiefer Schluck. Zwei.

„ ... mein Platz!" Das ist Charlotte.

„Aber erlauben Sie...", jemand schnappt nach Luft.

„Hier will ich sitzen!"

„Ich meinte nur, der Mond hier über den Bäumen..."

„Ich bleibe hier. Schluß!"

Der Wahnsinn liegt in der Luft, so süß von Blühen und Früchten zugleich. Ein wenig Rauch mischt sich darein, von denen nebenan, die ihr Essen auf Abfall kochen müssen. Es ist einer dieser lüsternen, dunkelblauen Abende.

„Ich bin gar nicht hungrig", verkündet Charlotte.

Es ist das Klima, die Hitze. Aber sieh doch nur die Eingeborenen an, wieviel die fressen, trotz Hitze. Und Armut. Ohne Rücksicht auf die Figur. Das kommt eben davon, weil sie so arm sind. So arm sind die gar nicht. Wieso? Weil das Geld zum Fressen reicht. Das ist mir zu hoch.

Mercedes trägt die überbackenen Langostinos auf. Sie duften nach Knoblauch und sind so frisch, daß sie unter den Zähnen knacken, wenn ihr süßlicher Saft aus dem Fleisch schießt. Florian ißt konzentriert.

„Du magst Langostinos. Es schmeckt dir", sagt Charlotte. Ihre Stimme ist weich und dunkel. Florian hebt den Blick zu ihr und schweigt. Sie schiebt einen Langostino zwischen die Zähne. Ganz langsam, fast zärtlich beißt sie in das Fleisch, ohne den Blick von den Lippen des Mannes zu wenden.

Kein Gespräch will mehr aufkommen am Tisch. Kein Thema von Interesse will sich finden. Es fällt schwer, über die beiden hinwegzureden. Julia trinkt ihren dritten Daiquiri. Ein rosa Panzer nach dem anderen kracht in Florians Händen.

„Man bekommt Appetit, wenn man dir beim Essen zusieht", sagt Charlotte. „Richtig Hunger."

Dann hängen sie satt und ein wenig müde in ihren Stühlen, rauchen und klopfen die Asche achtlos in die Essensreste. Sie gießen sich Schnaps ein, gähnen und sprechen mit gedämpfter Stimme. Sie stehen auf, prüfen die Wassertemperatur im Pool, necken den Hund, sammeln reife Mangos vom Boden auf. Eine aufs angenehmste zerstreute Gesellschaft.

„Ich will dich sprechen, Julia", sagt plötzlich Charlotte.

Der Plan, wie war noch der Plan?

„Wozu?" fragt Julia, mühsam.

„Ich möchte dich sprechen."

„Aber ich nicht."

„Wir müssen miteinander reden", sagt Charlotte, eindringlich. Da sie sich dazu entschlossen hat, wird sie sich nicht mehr abhalten lassen.

„Wir müssen garnichts. Du fliegst zurück, woher du gekommen bist. Wir werden einander nie wieder sehen. Es gibt nichts zu bereden."

Charlotte zündet sich eine Zigarette an. Dies wird schwieriger, als sie es sich vorgestellt hat. Sie muß es anders anpacken.

„Du denkst, ich wolle dir deinen Mann wegnehmen ..."

„Wie kommst du darauf, daß du das könntest?" Julia hat sich auf die Stufen der Terrasse niedergelassen. Wenn die andere so sehr auf einem Gespräch besteht, soll sie es haben. Julia ist gewappnet.

„Zwischen Florian und mir gibt es nur eine wunderbare Freundschaft", sagt Charlotte mit Wärme.

„Das interessiert mich nicht. Und Florian wohl auch nicht. Er mag keine Freunde haben. Das hat nichts mit dir persönlich zu tun. Menschen sind ihm gleichgültig. Ihn interessieren nur Bilder."

Charlottes Mundwinkel zucken kaum merklich. Sie hat sich dieses Gespräch anders gedacht.

„Ach was, du bist einfach eifersüchtig! Nicht einmal tanzen durften wir miteinander!"

„Ich finde nur schlechtes Benehmen so anstrengend. Aufdringlichkeit ist mir ebenso peinlich wie nuttiges Gehabe."

Das war nicht elegant, zeigt aber Wirkung. Charlotte verliert deutlich an Fassung.

„Ich? Nuttig? Aufdringlich? Wer sagt das?"

„Alle. Es ist auch nicht leicht zu übersehen", sagt Julia freundlich. Sie hat nun Oberwasser. Den Verstand der anderen umwölkt die Wut.

„Ist es meine Schuld", Charlotte schreit beinahe, „wenn mir alle Männer nachlaufen?"

Da hat sie ihr Gespräch. Julias Lächeln wird herzlicher.

„Vielleicht täuscht du dich da, meine Liebe. Es sieht, offen gestanden, umgekehrt aus. Natürlich ist Florian ein sehr attraktiver Mann. Vielleicht hast du ja auch ein wenig zu viel getrunken, fühlst dich ein wenig einsam ... Das kann man schon verstehen, obwohl ich es vorziehe, höflichkeitshalber gefragt zu werden, bevor ich meinen Mann ausleihe ..." Mitleidig und fast versöhnlich bringt Julia das hervor.

Charlotte springt mitten im Satz auf und schreit nun wirklich.

„Ich breche das Gespräch ab! Eine Unverschämtheit!"

Sie stürmt davon.

„Ich breche das Gespräch ab!"

Julia sitzt immer noch auf den Stufen zur Terrasse und lächelt. Zuckt leise die Schultern und hebt die

Hände zum Himmel, eine freundlich bedauernde Geste. Was soll man da machen.

Die Geste geht ins Leere. Niemand will den Auftritt bemerkt haben. Man ist konzentriert in Gespräche verwickelt. Ein schneller Blick durch die Wimpern höchstens. Ist es schon vorbei? War das alles? Erst allmählich werden die Stimmen wieder lauter. Namen fallen.

Das sonore Brummen des Jeep läßt die Gesellschaft verstummen.

Das Gartentor kreischt auf. Ein Wagen rumpelt schwerfällig durch die Löcher des Weges hinein in die undurchdringliche Schwärze der Nacht.

❧

IX.

Der alte Dichter saß an seinem Schreibtisch in der Gärtnerhütte und kramte in alten Papieren. Unter dem Vorwand, Ordnung zu schaffen, ließ er sich in den Strudel jahrzehntealter Briefe, Romananfänge, Tagebuchaufzeichnungen, aber auch Rechnungen, Zeitungsausschnitte, Fotos und Ansichtskarten ziehen. Stundenlang saß er und las, blätterte, formierte Papier zu Stößen. Als sich auf dem großen Schreibtisch kein leeres Plätzchen mehr fand, ging er dazu über, den gestampften Lehmfußboden als Ablage zu benutzen. Rosario hätte angesichts dieser Vorgangsweise zum Himmel geschrien, aber ebendort war sie ja nun, wenigstens laut ihrem Aberglauben.

Rosarios Ableben hatte den alten Dichter vor Probleme ganz unerwarteter Art gestellt. Äußerlich war alles bemerkenswert glatt verlaufen. Ignacia und Mercedes hatten Rosario tot im Gärtnerhaus aufgefunden und den alten Isidro umgehend verständigt. Auf das Geschrei der beiden hin war er vom Nachbargrundstück herbeigelaufen, hatte sich gebührend bestürzt und betroffen gezeigt, um nach einer Phase glaubhafter Verwirrtheit in würdige Trauer zu verfallen.

Kein Mensch hatte auch nur den entferntesten Zweifel am natürlichen Tod seiner Frau gehegt. Ignacia hatte es übernommen, die im ganzen Land zerstreute Familie zusammenzutrommeln. Er hatte den Trubel von Totenwache, Begräbnis und Leichenschmaus stoisch über sich ergehen lassen. Während er der Totenmesse mit steinernem Antlitz folgte, schlug er sich in Gedanken mit dem Problem seines Amtes als Jujumann herum. Wenn jemand starb, so hatte der Jujumann die Aufgabe, eine Zeremonie abzuhalten, um die Seele des Toten einzusammeln und ihr den Weg ins Jenseits zu weisen. Sonst findet sie keine Ruhe und spukt nachts schreiend herum, anstatt geläutert als Egungun wiederzukehren, um die Lebenden zu beraten und zu beschützen. Der Gedanke an eine Wiederkehr Rosarios trieb dem alten Dichter Schauer über den Rücken. Sie selbst hätte sich die Egungun-Zeremonie natürlich streng verbeten, hätte die tiefe und schreckliche Wahrheit als Hokuspokus abgetan. Aber wenn er nun nichts unternahm und sie plötzlich auftauchte und in die stille Nacht hinausschrie, daß er eine Schlange auf sie angesetzt habe? Daß er reglos ihren Tod beobachtet habe, ohne einen Finger zu rühren, um ihr zu helfen? Daß er schuldig sei, schuldig, schuldig?

Führte er die Zeremonie jedoch durch, würde sie als Egungun zurückkehren und ungeheure Macht über ihn haben, unvergleichlich mehr Macht, als sie je im Leben besessen hatte.

Der alte Dichter seufzte. Noch war es Zeit zu handeln. Im großen Haus tummelten sich seine Kinder und Enkelkinder. Ignacia und Mercedes hatten alle Hände voll zu tun.

Julia war zur Totenwache mit einem wunderschönen, weißen Blumengebinde gekommen. Sie war ihm bleich und nüchtern erschienen. Und allein. Er hatte sich Mercedes` Hilfe für die nächsten Tage erbeten. Natürlich hatte sie eingewilligt. Sie schien die Umstände ihrer letzten Begegnung vergessen zu haben. So schien es ihm zumindest, bis sie sich zu seinem Ohr neigte und flüsterte:

„Wir müssen miteinander sprechen, Don Camillo!"

„So?" Er hatte sie ehrlich erstaunt angesehen.

Wieder flüsterte sie ihm ins Ohr:

„Ich bin allein."

Was immer das heißen mochte. Die Leute begannen bereits, auf das Geflüster aufmerksam zu werden.

„Kommen Sie am Tag nach dem Begräbnis ins Gärtnerhaus. Und Schluß jetzt." Damit war sie scheinbar zufrieden gewesen und hatte sich zurückgezogen.

Nun wartete der alte Dichter, er wartete geduldig, denn er wußte, die junge Frau würde kommen. Sie brauchte ihn, irgendetwas von ihm, was es auch sei. Und dieses Etwas, so überlegte er vage, würde seinen Preis haben.

Das Kreischen seiner Enkelkinder im Garten riß ihn aus seinen Überlegungen. Er pries sich glücklich, der lauten, unangemessen fröhlichen Betriebsamkeit seiner Kinder und Enkelkinder in die Einsamkeit der Gärtnerhütte entkommen zu sein. Während alle Welt die eigene Familie für das höchste aller Güter hielt, mußte sich der alte Dichter gestehen, daß ihm die seine nicht wenig auf die Nerven ging. Am wenigsten vielleicht noch Jaime, der mit seiner Frau Esperanza von der Finca am großen Fluß herbeigeeilt war. Der schwerfällige, fantasie- und temperamentlose Jaime ... Ich bin ungerecht, dachte der alte Dichter. Wer so lange Zeit dort draußen lebt, wird zu einem Teil der Natur. Er reflektiert sie nicht wie ich, sondern nimmt seinen Platz in ihr ein. Von Rosario kam dieser bäurische Zug in dem Jungen mit Sicherheit nicht. Sie hatte das Land gehaßt, den Wald, den Fluß. Also mußte es irgendwo in ihm sitzen, so sehr er sich auch dagegen sträubte. Ein hartes, regelmäßiges Leben ohne Fragen. Genau danach hatte er sich zuweilen gesehnt. Und hätte es natürlich nie ausgehalten. Nein, er war kein Bauer. Es spukte ihm nur immer wieder der alte Rousseau durch den Kopf. Jaime hatte nie Rousseau gelesen, wahrscheinlich nicht einmal von ihm gehört ... nun ja, er schien halbwegs zufrieden zu sein, das war die Hauptsache. War es das? Er selbst konnte sich nicht daran erinnern, je völlig zufrieden gewesen zu sein. Dafür hatte schon Rosario gesorgt. Sie hätte es nicht ertragen, ihn zufrieden zu sehen. Es bedeutete ihr eine Art Lust, ihn zu quälen. Sie hatte ihn gut genug gekannt, um die tägliche Folter, bestehend aus Klagen, Verdächtigungen, Miß- billigungen und banalem Geschwätz genau dosie- ren zu können. Noch unerträglicher wurde all dies durch die Miene selbstzufriedener Rechtschaffen- heit, die sie dabei zur Schau zu stellen pflegte. Mit welchem Behagen sie sich empörte und entrüstete! Warum hatte er diese Frau geheiratet, fragte sich der alte Dichter, wie so oft in den letzten Jahren. Warum eigentlich? Entstammte sie doch jener verhaßten Kaste dumpfer, ignoranter Bürger, der sie sich voll dünkelhaftem Stolz ihr Leben lang zugehörig fühlte. Warum hatte sie dann aus- gerechnet ihn geheiratet? Der alte Dichter dachte an den jungen und an die junge Rosario, als handle es sich um zwei völlig fremde Personen.

Er sah ein überaus zierliches, dunkelhäutiges Mädchen in einem langen Tanzkleid aus weißer

Spitze, das keinen Tanz ausließ und um das sich in den Pausen ein wahrer Schwarm von Verehrern scharte. Sogar Luis und Enrique waren darunter gewesen, und diese beiden mußte man nun wirklich als radikale Intellektuelle bezeichnen. Die junge Person war äußerst lebhaft und lachte ununterbrochen. Camillo, der junge Dichter, war fest entschlossen, sich nicht unter diese Herde zu mischen. Er tanzte und flirtete mit anderen jungen Mädchen, die ihm allerdings nur ein matter Abglanz der dunklen Schönen zu sein schienen.

„Wer ist denn dieses exaltierte Gänschen?" fragte er seine Tanzpartnerin.

„Ach, Rosario! Die ist nicht ganz richtig im Kopf und hinter allen Männern her", gab die Kleine nicht ganz unparteiisch Auskunft.

Hinter den Männern war sie bestimmt nie her, überlegte der alte Dichter. Männer interessierten sie im Grunde garnicht. Es ging nur um ihr Ansehen, ihr Bestreben, alle anderen Frauen auszustechen. Das war ihr tatsächlich gelungen. Sie hatte ihn geheiratet, um ihren Freundinnen, mit deren einigen er bereits geschlafen oder sogar ein flüchtiges Verhältnis gehabt hatte, vorzuführen, daß bei ihr, Prinzessin Rosario, die Dinge auch für einen rauhbeinigen Don Juan wie diesen berüchtigten Dichter anders lagen. Sie wurde zum Unterschied von ihren Freundinnen geheiratet. Sie war etwas Besonderes, das rieb sie den Mädchen mit ihrer Heirat unter die Nase. Habe ich den Braten damals wirklich nicht gerochen, fragte sich der alte Dichter. Warum habe ich mich heiraten lassen?

Sicher, es hat mir geschmeichelt, daß dieses umschwärmte, verwöhnte Bürgertöchterlein plötzlich nur noch Augen für mich hatte, für mich, das enfant terrible, den bekannten Hurer, Säufer und Dichter. Sie wollte mich haben und sie hat es geschafft, daß ich mich in sie verliebte, mehr als in alle anderen vorher. Sie muß mir völlig den Kopf verdreht haben, denn eigentlich fand ich sie nicht einmal sympathisch. Mit ihrer unglaublichen Willenskraft brachte dieses zarte, siebzehnjährige Mädchen es fertig, ihre ob dieser Verlobung entsetzte Familie umzustimmen und mich, der ich nie zu heiraten vorgehabt hatte, im Handumdrehen zu einem Familienvater zu machen. Man muß das bewundern, sagte sich der alte Dichter fast neidisch. Ich hätte dergleichen nie zustande gebracht. Dennoch war ihm bewußt, wie sehr er eben diese Zähigkeit haßte, die sie einzig darauf verwandt hatte, ihn umzuerziehen, einen achtbaren Bürger aus ihm zu machen. Zum Teil war ihr das gelungen: er war ein achtbarer Dichter geworden.

Nein, es gab keinen Grund, unzufrieden zu sein mit seinem Schicksal – ein erfülltes Leben, wie alle Welt nicht müde wurde zu betonen. Soviel stand fest: ohne Rosario wäre er verkommen, wie sie das nannten. Hätte man ihn damals vor die Wahl gestellt, so hätte er sich vielleicht – nein, sicher – fürs Verkommen entschieden. Vielleicht wäre er dann ein großer Dichter geworden. Vielleicht. In jedem Fall war Rosario jetzt tot und das war gut so. Jetzt konnte er immer noch ein großer Dichter werden.

Er hörte die Gartentür in ihren Angeln quietschen. Jemand kam durch den Dienstboteneingang, der kaum mehr benutzt wurde, da er vom Haus weiter entfernt lag als das Gartentor.

„Don Camillo?" Julias Kopf tauchte durch den Glasperlenvorhang, den er anstatt des Lumpens in der Türöffnung angebracht hatte. Es war soweit. Der alte Dichter seufzte erleichtert. Das Warten hatte ihn nervöser gemacht, als er sich eingestehen mochte.

„Kommen Sie, kommen Sie! Setzen Sie sich." Er wies auf eine roh gezimmerte Truhe neben dem Schreibtisch, dem einzigen Möbel im Gärtnerhaus außer dem durchgelegenen Feldbett im hinteren Anbau.

„Ich habe Ihnen etwas mitgebracht." Julia überreichte ihm eine Papiertüte. Der alte Dichter warf einen schnellen Blick hinein.

„Oh, danke. Aber ich trinke kaum mehr. Seit dem Tod meiner Frau ... schmeckt es nicht mehr wie früher. Vielleicht weil es keinen Menschen mehr kümmert, ob ich trinke oder nicht."

Julia rutschte unbehaglich auf der Kante der hölzernen Truhe hin und her.

„Wahrscheinlich vermissen Sie Ihre Frau sehr ..."

Der alte Dichter warf ihr einen schnellen, prüfenden Bilck zu.

„Nun ja, sagen wir, ich habe mich noch nicht recht an die Freiheit gewöhnt. Wie ein Vogel, der die meiste Zeit seines Lebens im Käfig gehalten wurde, nicht gleich in den Himmel davonfliegt, wenn man ihn plötzlich ausläßt."

„Ich verstehe, hm, verstehe ..." stotterte Julia. Sie wußte offenbar nicht, wie sie sich ihrem Thema nähern sollte.

„In gewisser Weise geht es mir auch so. Ich bin jetzt auch ... frei. Mein Mann hat mich verlassen. Mercedes hat es Ihnen sicher erzählt."

Der alte Dichter beugte sich vor, ergriff ihre Hand und tätschelt sie beruhigend.

„Aber Kind, bei dem Trubel ..., ja, ich glaube, sie hat erwähnt, daß Sie sie jetzt nicht so dringend brauchten, da der Señor verreist sei ..."

„Ja, verreist!" explodierte sie plötzlich. „Verreist mit dieser Hure, dieser Hexe, dieser ... Ich könnte sie umbringen, ich möchte sie umbringen, ach, Don Camillo!"

Sie schluchzte laut in seine Hand hinein.

„Aber Kind!" Der alte Dichter streichelte über ihr blondes Haar. Weiches, seidiges Feenhaar, dachte er. „Hat er denn gesagt, daß er dich verlassen wolle? Was hat er denn gesagt?"

„Nicht viel, wie immer", schluchzte Julia. „Daß er an den Fluß fahre, um seine Arbeit fertigzustellen. Weil du mit dieser elenden Nutte allein sein willst, habe ich gesagt. Darauf er, ich hätte eben keine Ahnung, was Arbeit sei, könne nicht über meinen beschränkten Säuferhorizont hinausdenken, sei eben eine typische, hysterische Hausfrau ..."

Sie rang nach Luft.

Der alte Dichter stemmte sich am Schreibtisch hoch und holte aus der hinteren Ecke des Raumes einen schmutzigen, klebrigen Holzbecher. Er goß Rum ein und hielt das Gefäß der schluchzenden Frau unter die Nase.

„Trink! Und denk dabei ganz fest an das, was Du Dir wünschst", forderte er sie auf.

Sie weitete die Augen vor Ekel.

„Aber ... da klebt ja Blut dran!"

„Hühnerblut", beruhigte sie der alte Dichter. „Damit werden die Götter ernährt. Und mit Rum. Komm, wir wollen erst die Fetische füttern. Wir stimmen sie freundlich und du wirst sehen, wie sich alle deine Probleme wie von selbst lösen."

Der alte Dichter kümmerte sich nicht um die ungläubige Miene der jungen Frau, sondern beugte sich ächzend zu den primitiven Figürchen am Fußboden.

„Als erstes kommt Sakpata dran. Der Gott der Seuchen, aber erschrick nicht, der ist mir sehr wohlgesinnt." Er benetzte das Haupt des steinernen Fetisches mit ein paar Tropfen Rum.

„Und jetzt Abessan, der Familiengott, der auch gern Speisereste ißt. Nimmt aber auch Geld. Hier, Mami Wata nicht, die verabscheut Alkohol, nährt sich von Parfum. Hast du welches dabei?"

Julia schüttelt mit weit aufgerissenen Augen den Kopf.

„Nein ... zu Hause ... aber was treiben Sie, Don Camillo? Ist das Zauberei oder ..."

„Das ist Gottesdienst, mein Kind, und eine sehr ernste Sache, das kannst du mir glauben. Und jetzt trink und konzentriere dich auf deinen Wunsch."

Sie starrte mit ekelverzerrter Miene auf das klebrige Gefäß.

„Ich weiß nicht, was ich wünschen soll ..."

Der alte Dichter setzte den Becher auf den Schreibtisch ab.

„Dann wollen wir einmal anfangen, darüber nachzudenken."

„Eigentlich bin ich gekommen, um Sie zu fragen, ob ich ihr Auto ein paar Tage ausleihen könnte ..." Sie sah ihm unsicher von unten in die Augen.

„Um damit was zu machen?"

„Ich weiß, daß die beiden in den Süden gefahren sind, an den großen Fluß ..."

„Und da haben Sie gedacht, Sie leihen sich meinen Wagen, fahren mit meinem alten Chevrolet durch den Dschungel, treffen dieses nette Pärchen in flagranti, erobern ihren Mann zurück und schicken die Señorita zum Teufel. Stimmts?"

Julia zuckte verwirrt die Schultern.

„Ich weiß nicht genau, was ich gedacht habe. In letzter Zeit denke ich nicht so besonders klar. Vermutlich habe ich etwas in der Art vorgehabt."

„Meine Liebe, hören Sie mir gut zu. Mein Wagen mit dieser Automatik und all den Kinkerlitzchen taugt nicht einmal für diese Stadt. Sie kämen gar nicht bis zu den Schlammpisten, wo er dann endgültig verrecken würde. Sie kennen sich dort unten nicht aus und verläßliche Karten gibt es nicht. Dafür ist das Einzugsgebiet des Flusses gewaltig und ganz dünn besiedelt. Sie stürben hundert Tode, bevor sie die beiden fänden. Im übrigen zweifle ich sehr daran, daß der Señor diese Reise in adäquater Ausrüstung angetreten hat. Vielleicht sitzen die beiden längst irgendwo fest. Was eigentlich das Wahrscheinliche ist."

Julia schien sich erholt zu haben. Sie atmete wieder normal.

„Aber, müßte man dann nicht erst recht ..."

„Was, dem Liebespaar aus der Patsche helfen und dafür die Trennung verlangen? Und das alles mit meinem alten Chevrolet?"

Julia seufzte.

„Es ist absurd, Sie haben recht. In letzter Zeit denke ich nicht so besonders klar ... Ich erinnerte mich nur, daß Sie von Ihrer Finca am großen Fluß erzählten und da dachte ich ... ich weiß nicht, was ich dachte."

Der alte Dichter griff nach ihrem Kinn und hob ihr Gesicht nahe an das seine heran.

„Liebes Kind, hören Sie mir gut zu. Sie gehen jetzt nach Hause und denken darüber nach, was eigentlich sie wollen. Trinken Sie nichts, denn es wäre schrecklich, wenn Sie eine falsche Entscheidung träfen. Wenn Sie es wissen, kommen Sie wieder und ich werde Ihnen helfen."

Julia erhob sich.

„Und wenn ich in den Süden will?"

„Dann werde ich mit Ihnen nach El Paraiso fliegen. Und jetzt gehen Sie, gehen Sie ...""

❧

X.

Plötzlich gehen die Lichter aus im ganzen Haus. Man kennt diese Stromausfälle durch verrottete Kabel, den Wind, der sie aus den Verankerungen reißt, tropische Gewitter, die ganz nahe niedergehen, böse Geister, die sich einen Scherz erlauben. Die Menschen pflegen dann geduldig darauf zu warten, daß eine höhere Macht Ordnung schaffe.

Nur liegt Julias Haus diesmal allein im Dunkel. Gegenüber glühen die Lampen, nebenan dringt Fernsehlärm aus den Hütten. Wie ein schwarzes Loch liegt das Haus im Leben des Abends. Julia ruft automatisch nach Mercedes, aber Mercedes hilft ihrer Tante, wie meistens, seit sie allein ist.

Seit jener überstürzten Abreise hat eine Lähmung das Haus auf dem Cerro befallen. Noch nie ist es so still gewesen. Wenn Mercedes kommt, um Ordnung zu schaffen, schleicht sie auf Zehenspitzen um die Ecken und fürchtet sich vor Geistern, denn die gedeihen wunderbar in der Stille.

Julia schläft bis weit in den Tag hinein. Sie flüchtet in den Traum vor dem einsamen Erwachen, dem leeren Platz neben sich. Mit jedem Tag fühlt sie sich weniger werden, unsichtbarer. Nun ist Charlotte fort und es scheint Julia, als habe die Doppelgängerin auch ein Stück ihres eigenen Wesens mit sich genommen. Vielleicht das beste Stück. Ziellos läuft sie durch den Garten mit roten Augen und einer dicken Nase. Überraschend bietet Mercedes sich an, ihr das Haar zu waschen. Vor dem Spiegel stürzt ihr plötzlich das heiße Wasser aus den Augen. Sie scheint sich zu erkennen, zu erschrecken, daß da noch jemand sichtbar vorhanden ist.

Die Lähmung des Hauses teilt sich den üblichen Besuchern auf telepathische Weise mit und sie meiden es.

Julia versucht, sich in der Einsamkeit einzurichten. Die Stimmen der Vögel klingen ihr von weit her und sie sieht nicht nach den Farben des Himmels.

Sie erinnert sich ihrer einsamen Kindheit, ihrer Sehnsucht nach einem Kameraden. Einem, der helfe, die Last dieses Lebens zu schleppen. Einem, der ihr beistünde gegen die Tyrannei der Großen. Einen, den sie liebhaben könnte. Einen, bei dem sie weinen könnte. Es waren Kinderträume.

Jetzt will sie lernen, sich zurückzuziehen in sich selbst. Das Sprechen verlernen. Irgendwo einen Winkel in sich finden, wo sie heimisch werden kann. Erträglich will sie sich das Leben machen. Nicht leiden.

Jeder ist alleine auf der Welt, sagt sich Julia. Wer das nicht glaubt, belügt sich. Und die ihrem anderen Ich begegnet sind, die sind die allereinsamsten. Die haben sich selbst verloren.

Ach, Florian, denkt sie, ich habe einen Prinzen aus dir gemacht. Du wolltest ganz einfach nur ein Mann sein.

Sie fragt sich, ob er all das so eingerichtet hat, um sie zu quälen. Manchmal meint sie, hinter der angewiderten Grimasse, mit der er sich verabschiedet hatte, eine Art Genuß zu entdecken. Kostete er ihre Demütigung nicht doch ein wenig aus? Kann sein, sie weiß es nicht. Sie ist nicht sicher. Sie ist sich kaum einer Sache mehr sicher.

Aber eines: sie darf sich nicht erinnern. Nicht zurückdenken an das Leben früher, dieses sorglose, schwerelose Sein. Die Erinnerung sitzt wie ein Messer im Leib.

Immerhin, sie hat ein wirkliches Leben gehabt, ein schönes. Nichts fehlte darin. Sie könnte es dabei belassen.

Und sie denkt: die Menschen dulden ihre Existenz wie Schafe, sie sind sich des eigenen Lebens nicht bewußt, sie nehmen hin, was da kommt. Lassen sich zu Paaren treiben und mucken nicht auf. Sie verdienen kein besseres Leben.

Sie, Julia, ginge lieber zurück in das Nichts vor ihrer Geburt, als ein schlechtes Leben zu leben, ein trauriges, leeres, armes. Müßte sie etwa so leben wie die meisten Menschen in diesem Land ... ja, sie würde sich umbringen. Aber jene leben dennoch weiter. Die Hoffnung. Auch die fühlt sie wie ein Messer im Leib und will sie sich verbieten.

Man kann sich erschießen, aufhängen, man kann Schlaftabletten nehmen. Erschießen tut weh, glaubt sie, aufhängen ist häßlich, Schlaftabletten unsicher. Mißlungene Selbstmorde haben immer etwas Lächerliches.

Julia beschließt, zu warten. Sie weiß nicht, worauf. Nur, daß sie sich mit diesen elenden Gefühlen der Scham, der Demütigung, ein Stückchen Leben einrichten muß. Und daß sie ganz allein ist. In Zukunft immer ganz allein sein wird. Wieder brennen ihre leeren Augen, wenn sie Zukunft denkt. Ein trostloser Tag nach dem anderen.

Sie steht in der Terrassentür und lauscht. Jemand rumpelt in der Küche. Julia tastet vorsichtig nach der Anrichte, findet eine Kerze. Eine schwache Flamme in der Nacht.

Wenn nun Florian zurückgekehrt ist? Unsinn, dann hätte sie den Jeep gehört. Vielleicht wollte er sie überraschen?

Der bittere Geruch verschmorten Gummis steigt ihr in die Nase.

„Wer ist da?" Und wenn es ein Räuber ist? Soll er sie doch umbringen.

„Señora?"

„Oh, Mercedes! Was ist los, warum haben wir keinen Strom?"

„Ich weiß nicht. Jetzt kann man garnichts machen. Gehen sie zu Bett, Señora. Morgen hole ich den Elektriker."

Sie tastet nach der Folie auf ihrem Nachtkästchen, bricht eine Tablette heraus und ist nach wenigen Minuten versunken, wie tot.

„Entschuldigen Sie", sagt Mercedes. Sie sitzt auf ihrer Bettkante. „Sie haben so fest geschlafen ..."

„Ja?" fragt Julia, verwirrt, wie aus einem tiefen Brunnen gezogen.

„Der Elektriker", sagt Mercedes und steht auf, reicht Julia den Bademantel.

Der Elektriker lacht verlegen. Buenas tardes, que tal? Bien, mucho gusto. A sus ordenes. Es scheint, wir haben es hier mit einem Kabelbrand zu tun. Man müßte sämtliche Leitungen im Haus neu verlegen, sonst ist da nichts zu machen. Haben die Herrschaften genügend Kabel? Das ist aber unangenehm. Kabel ist nämlich Mangelware im Land. Da kann man nichts machen. Wenn die

Herrschaften Kabel besessen hätten, wäre es etwas anderes. Aber so. Ja, er hat Telefon. Über den Preis reden wir, wenn sie Kabel haben. A sus ordenes.

„Es stinkt", sagt Mercedes. „Riechen sie das, Señora?"

Der Kabelbrand, natürlich stinkt es. Nein, sagt Mercedes es stinkt anders, es stinkt wie kranke Scheiße. Es ist wahr, Mercedes, es stinkt. Immer der Nase nach. Gas. Gas strömt aus, irgendwo.

Señora, ich kann nicht kochen, das Gas ... Was tun, Mercedes? Sie lacht und zuckt die Schultern. Warum lacht sie? Warum lachen in diesem Land die Menschen, sobald ein Problem auftaucht? Weil es nicht ihre Probleme sind. Mercedes hatte in der Gärtnerhütte weder Strom noch Gas gehabt. Nie.

Bald werden die Lebensmittel verderben. Algen werden sich im Pool ausbreiten. Ein Leben ohne Elektrizität. Steinzeit.

Julia läuft kopflos durch das Haus, ständig auf der Suche. Wo ist das Brotmesser, wo die Nagelschere, wo der Badeanzug? Mercedes! Verschwunden der Reisepaß, das Salzfäßchen, die Hundeleine. Aber hier ist sie doch. Mercedes, verschwinden die Sachen bei dir nicht? Doch, Señora, dann suche ich eben. Aber ich suche doch den ganzen Tag. Sie sind zu aufgeregt, Señora. Den ganzen Tag. Ich glaube, ich werde verrückt. Mercedes lacht. Wo ist mein Feuerzeug?

Es sind brütende, windstille Tage. In dem weiten Himmel ziehen schwarze Vögel ihre Kreise, ohne mit den Flügeln zu schlagen. Die Katzen liegen wie tot im Schatten der Bäume. Keine Beute kann sie locken. Abends ziehen sie sich wer weiß wohin zurück, statt wie früher über die Wiesen zu toben und mit wildem Gemaue Einlaß ins Haus zu begehren. Der Hund verweigert das Fressen.

Jede Bewegung, ja sogar das Atmen wird zur Qual in dieser lastenden Hitze. Jeden Tag die gleiche, weiße Sonne, der leere Himmel. Es ist verboten, den Rasen zu sprengen. Der Gärtner tut es dennoch, heimlich, nach einem ausgeklügelten System, um von den Nachbarn nicht ertappt zu werden.

Julia kennt von all den Nachbarn nur den Reichen, Don Camillo. Aber Hausangestellte wissen alles, kennen jeden. Doña Julia ist verrückt geworden vor Eifersucht. Das Haus ist verhext. Der böse Blick. Nur brauche ich das Geld so dringend wegen der Schulden vom Begräbnis. Sonst wäre ich schon längst ...

Manchmal bleibt das Wasser weg. Sparmaßnahme. Zu wenig Druck.

Der Hund bellt wütend, tagelang, ohne Unterlaß. Bellt das Haus an, schnappt nach jederman, will schier aus der Haut fahren. Mercedes lacht.

Das Haus ist feindselig. Möbel, Bilder, Bücher – bösartig. Das waren früher ihre Freunde. Früher. Fast kann Julia die Dinge schimpfen und zischen hören: das Sofa, die Stehlampe, die Holzmasken an der Wand. Als habe ihnen die Mißgunst Kraft und Leben verliehen. Die Schritte im nächtlichen Garten sind ihr gleichgültig geworden. Sie bangt nicht mehr um diese Dinge. Sie bangt nicht mehr um ihr Leben.

Nacht für Nacht versenkt sie sich mit Schlafmitteln in die Bewußtlosigkeit, um nicht hören zu müssen, was ihr Bett ihr zu sagen hat. Oder die Kommode, der Nachttisch. Denn es ist immer das gleiche und läuft darauf hinaus, sie zu beleidigen und zu kränken.

Tagsüber passiert es oft, daß der Teppich anfängt, sie zu beschimpfen. Oder der Schreibtisch. Es ist ihr peinlich, wegen Mercedes, obwohl die tut, als höre sie nichts.

Zum Frühstück läßt sich Julia den ersten Drink bringen.

„Ich fühle mich nicht wohl", sagt sie.

Die Nachttischlampe: Sieh doch in den Spiegel. Aufgedunsen bist du, ungepflegt, ein Scheusal. Ein versoffenes Scheusal.

„Doña Julia, ich habe eine Bitte", sagt Mercedes. Sie ist verlegen und möchte die Sache so schnell wie möglich hinter sich bringen.

„Ich möchte meine Familie in El Paraiso besuchen. Jetzt habe ich die Gelegenheit, weil meine Tante Don Camillo begleitet ... geben sie mir bitte zwei Wochen frei!"

Da hast du es, sagt das Moskitonetz, kein Mensch hält es aus bei dir.

„So plötzlich, Mercedes?"

Die kleine, dicke Frau betrachtet ihre Füße, steigt von einem auf den anderen.

„Weil ich doch hier nichts tun kann, Señora. Kein Gas, kein Strom, kein Wasser ..."

Das Moskitonetz: Eine Ausrede, sie erträgt dich nicht mehr. Da verzichtet sie lieber auf das Geld.

„Du verläßt mich also. Läßt mich ganz allein", klagt Julia.

„Don Camillo meinte, Sie würden vielleicht mitkommen wollen. Tun Sie das, Señora. Das Haus ist krank."

Das Haus ist krank. Das mag wahr sein, denn plötzlich schweigt es, wie ertappt.

„Was für eine abergläubische Vorstellung, Mercedes! Das Haus ist krank! Ich bin vielleicht krank. Warum soll ich da reisen?"

„Es wäre gut für Sie. Das Haus ist nicht mehr wie früher. Es ist nicht gesund für Sie. Kommen Sie mit uns nach El Paraiso. Natürlich nur, wenn Sie wollen."

„Würden wir wiederkommen?"

„Natürlich, Señora."

Mit Mühe hält sich Mercedes davor zurück, aus dem Zimmer zu laufen, aus dem kranken Haus. Aber sie geht.

Das Leben löst sich auf. Nur sie, Julia, ist noch übrig. Wenn sie einmal zuviel Tabletten schluckte mit ihrem Rum?

Die Stimmen reden alle durcheinander, sie kann sie nicht mehr verstehen. Im Kopf grollt ihr ein dumpfer Schmerz und die Glieder hängen müde. Schlaf und Alkohol wollen nicht mehr helfen. Sie denkt an eine tiefere Ruhe, endgültige Betäubung.

Diese lieblose Sonne. Und eine Stille, als habe sie alles Leben bereits totgebraten. Kein Windhauch, kein Vogelschrei.

Götter, die Blut trinken. Ein Dichter, der ihr Blut zu trinken geben wollte. Ein Hexenmeister, der letzte Mensch auf Erden, der ihr verblieben ist. Sie sollte wiederkommen, wenn ... Er würde ihr helfen, wenn ... Plötzlich ist ihr, als habe jemand einen Schleier von ihrem Gesicht gezogen, sodaß sie es zum ersten Mal seit langer Zeit nackt betrachten kann, kalt und klar. Was sie will, ist ganz einfach: diese andere aus ihrem Leben entfernen.

XI

Der alte Dichter blieb stehen, stützte sich schwer auf seinen Stock und atmete röchelnd durch. Julia faßte besorgt nach seinem Arm. Er fühlte die angenehm belebende Wirkung dieser Berührung in seinem ganzen Körper.

Um ihn herum wieselte das junge Volk auf das Flugzeug zu, schlug sich um die Plätze und stopfte jeden freien Winkel mit Gepäck voll. Das seine reiste mit den Dienstboten per Schiff nach El Paraiso, eine beschwerliche Reise von drei Tagen, aber billig und unkompliziert. Hingegen war es nicht ganz einfach gewesen, zwei Plätze im Flugzeug zu ergattern. Schließlich hatte sein doch recht bekannter Name geholfen.

Ein junger Steward – hatten sie jetzt keine Mädchen mehr in den Flugzeugen? – zwängte sich aus der Einstiegsluke und eilte auf ihn zu, packte ihn höchst überflüssigerweise am Arm und geleitete ihn schwatzend zur Maschine:

„Wie geht`s, Don Camillo, wir wußten natürlich genau Bescheid, daß Sie mit uns fliegen würden, daß heißt, nicht gerade Sie, sondern es hieß, eine hochstehende Persönlichkeit. Das kommt oft vor bei uns, aber die dummen Leute begreifen das nicht, sie begreifen nicht, daß ein Sitz besetzt sein kann, wenn niemand darauf sitzt. Aber keine Sorge, alles in Ordnung, auch für die junge Dame haben wir einen Platz reserviert, wir dachten ja, Sie kämen mit ihrer Frau ...“

Der Steward blinzelte verschwörerisch.

„Meine Frau ist gestorben.“

„Verzeihen Sie, das tut mir leid. Warten Sie, ich helfe Ihnen beim Einsteigen ..."

Der alte Dichter verabscheute die Fliegerei, mochte aber nicht zugeben, daß er Angst hatte. In seinem Alter fand er es lächerlich, Angst zu haben. Außerdem war er der Jujumann und man erwartete, daß er auf besonders vertrautem Fuß mit dem Jenseits stand. Dennoch, wie war es möglich, daß ein so schweres Ding wie ein Flugzeug mit so vielen Menschen im Bauch durch die Luft flog, was noch nicht einmal dem leichtesten einzelnen Menschen möglich war, fragte er sich jedesmal, wenn er eine unvermeidliche Flugreise antrat. In den kleinen, zweimotorigen Maschinen, die für Inlandsflüge eingesetzt wurden, fühlte er sich noch unsicherer. Aber das würde er nicht zeigen, schon garnicht mit der jungen Frau an seiner Seite, die ihn nun gemeinsam mit dem Steward durch die Luke zog und schob. Ohne zu murren ließ er sich in einen leeren Sitz pferchen. Julia saß neben ihm, so nahe, daß ihre Arme sich berührten und er ihr frisches Parfum riechen konnte. Wenn sie Parfum benutzte, ging es ihr doch nicht so schlecht, wie es erst den Anschein gehabt hatte.

Scheinbar war das Flugzeug für Kinder gebaut, oder aber in kupplerischer Absicht, schoß es ihm durch den Kopf. Alles war eng, filigran, wackelig, zappelig. Der alte Dichter musterte beunruhigt einige fettleibige Passagiere, die förmlich aus ihren Sitzen platzten und betete, man möge rechtzeitig bemerken, daß die Maschine hoffnungslos überladen war. Nichts dergleichen geschah. Im Gegenteil, die beiden Triebwerke begannen ohrenbetäubend zu heulen und das kleine Flugzeug erzitterte vor Angst, so schwer beladen in die Lüfte steigen zu müssen. Schon begann es zu rollen, womit der alte Dichter jede Hoffnung fahren ließ und nur noch Trost bei dem Gedanken empfand, daß er im Falle eines Absturzes – der wahrscheinlichste aller Fälle – in den Armen einer jungen Frau sterben würde. Oder doch beinahe.

„Fühlen Sie sich nicht wohl?" fragte Julia.

„Und Sie?"

„Ich weiß nicht. Alles ist so ungewiß."

„Seien Sie ruhig. Sie werden erreichen, was Sie wollen."

Er verspürte Turbulenzen in seinem Magen, als sich die kleine Cessna schwankend und schnaufend in die Höhe arbeitete. Wie lächerlich war es, derartig um sein Leben zu bangen. Er, der dieser jungen Frau seinen Beistand angeboten hatte, als handle es sich um etwas Alltägliches. Natürlich hatte er sie beeindrucken wollen und dies schien ihm auch gelungen zu sein. Allmählich war es an der Zeit, einen Plan zu schmieden.

Der alte Dichter seufzte und schlug die Augen auf, die sich ob des Bildes, das sich ihm bot, sofort entsetzt weiteten. Man hatte der Hitze wegen zum Zwecke der Luftzirkulation die Türe zum Cockpit offengelassen, sodaß er deutlich sehen konnte, daß der Pilot des technisch ohnedies mangelhaft ausgestatteten Maschinchens die Zeitung vor sich gegen das Fenster der Kanzel hielt.

„Julia!" flüsterte der alte Dichter heiser, „seit wann liest der Kerl da vorn schon Zeitung? Er wird uns alle umbringen, ich hab es gleich gewußt!"

116

„Nein, Don Camillo", lächelte Julia wider Willen, „sehen Sie nicht – die Sonne blendet ihn, also deckt er sie mit der Zeitung ab."

Lächerlich, dachte der alte Dichter, immer noch empört, erstens merkt man genau, daß er liest, zweitens muß es in so einem Flugzeug doch Sonnenblenden geben. Ein Flugzeug ist schließlich ein hochmodernes, überaus kompliziertes Gerät – so kompliziert, daß niemand versteht, wie es funktioniert. Oder sind wir so fernab aller Zivilisation, daß hier auch im Flugzeug alles improvisiert wird? Wir werden abstürzen, jetzt weiß ich es genau. Ich Idiot, setze mich in einem Land ins Flugzeug, das die Erfindung des Rades noch nicht verdaut hat, dachte er boshaft. Mir ergeht es auf allen Ebenen so. Ich bin ein Dichter im Land der Analphabeten.

„Es ist eine Schande", murmelte er.

„Ich finde es ganz lustig."

„Gringos", brummte der alte Dichter.

„Seien Sie mir nicht böse. Ich nehme sowas nicht so wichtig."

„Sie meinen, an sowas muß man sich gewöhnen, wenn man in so einem lausigen Land lebt?"

„Erzählen Sie mir von El Paraiso!"

Der alte Dichter schloß die Augen. Ach, die Finca. Jaime ließ El Paraiso, des alten Dichters Paradies, verkommen. Längst war der weiße Anstrich vom Holz der Außenwände abgeblättert, hie und da fehlte eine Verstrebung im Gitterwerk der Balustrade und selbst aus der steinernen Treppe, die ihm einst für die Ewigkeit gebaut erschienen war, waren Ecken herausgebrochen und Kanten abgetreten. Unter dem Vordach der Veranda baumelten meist ein paar traurige schmutziggraue Hängematten. Die Möbelstücke, die er mit viel Liebe und Sorgfalt ausgesucht und aus aller Welt zusammengetragen hatte, waren zumeist beschädigt, zweckentfremdet oder einfach verschwunden.

„Mein Sohn Jaime versteht mehr von Pferden als von Ästhetik. Sie werden ja sehen. Alles ist bequem und es fehlt an nichts, da können Sie beruhigt sein. Aber ... ich habe vor vielen Jahren ein Schmuckstück in den Urwald gesetzt und jetzt ... Aber Jaime findet nicht den geringsten Unterschied. Er beurteilt die Dinge nur nach ihrem Gebrauchswert. Das ruiniert sie mit der Zeit."

Julia hatte sich von ihm abgewandt und sah aus der Luke auf sein kleines Land hinab.

„Warum leben Sie eigentlich hier?"

Sie antwortete, ohne ihm den Kopf zuzuwenden.

„Weil mein Mann hier arbeitet."

„Er ist Fotograf, nichtwahr? Verdient man damit viel Geld?"

„Kommt auf die Fotos an. Was sie zeigen und wie."

„Darum wollte er an den großen Fluß?"

„Angeblich."

„Und die Señorita?"

„Soll dazu einen Text schreiben. Angeblich. Ich weiß nicht, was man über die Wildnis groß schreiben kann, was meinen Sie?"

Der alte Dichter lächelte.

„Sie vergessen, ich bin Dichter."

Sie sah wieder aus dem Fenster. Die Haut ihres Unterarms fühlte sich heiß und feucht an. Der alte Dichter erinnerte sich des salzigen, würzigen Frauengeschmacks, den er seit einer Ewigkeit nicht mehr gekostet hatte. Er würde ihn wieder schmecken, würde diesen Duft nach erregtem Weib einatmen, seine Fingerspitzen über diese goldene Haut gleiten lassen, er würde sie keuchen und stöhnen hören und durch ihre geheimnisvollen Pölster in ihr Innerstes dringen ...

Der alte Dichter stöhnte.

„Ist Ihnen nicht gut?"

„Ich hasse diese Fliegerei. Ich lasse das nur Ihnen zuliebe über mich ergehen, ist Ihnen das bewußt?"

Julia nickte verlegen.

„Entschuldigen Sie meine Neugier, aber ... wie werden wir sie finden?"

„Das ist das Allereinfachste. Wir fragen an der Bootsanlegestelle. Jaime wird sie einladen. Alle wichtigen Leute und alle Gringos schauen bei ihm vorbei, wenn sie in der Gegend sind. Auf der Finca haben wir alle möglichen Boote, Pferde, Gästezimmer und eine vorzügliche Köchin. Alles, was ein Gringo im Dschungel braucht. Und Jaime selbst kennt Wald und Fluß wie sonst niemand. Also werden Besucher automatisch nach El Paraíso geschickt. Einfach weil es weit und breit die einzige halbwegs zivilisierte menschliche Ansiedlung ist. Obwohl der Junge die Finca verkommen läßt."

Der junge Steward lugte aus dem Cockpit.

„Anschnallen, bitte. Wir werden bald landen."

Ein allgemeines Rumoren setzte ein. Auch der alte Dichter begann, nach den beiden Enden seines Gurtes zu angeln. Nur Julia blickte unverwandt zum Fenster hinaus. Was zum Teufel gab es dort zu sehen? Oder tat sie das nur, um ihn nicht sehen zu müssen? War er ihr widerwärtig? Der alte

Dichter fühlte, wie sich ihm die Kehle zusammenzog bei dem Gedanken. Nein, unmöglich, dann hätte sie sich nie darauf eingelassen, mit ihm allein in den Urwald zu fliegen, auf seine Finca.

„Julia?"

Sie sah weiterhin aus dem Fenster, ihm den Rücken halb zugewandt.

„Was sehen Sie denn da draußen?"

„Es ist wunderschön ... der große See und die Inselchen und da, die Mündung des Flusses und die Stadt ... es sieht sehr romantisch aus, schauen Sie!"

Der alte Dichter beugte sich über ihren Schoß. Unter dem dünnen, weißen Sommerkleid zeichnete sich ihr Körper recht deutlich ab: der Bauch, die Linie der Schenkel, wo sie zusammenstießen ...

„Don Camillo!" Er fuhr wie ertappt hoch.

„Sie schauen garnicht hinaus."

Der alte Dichter seufzte.

„Sie sollten sich anschnallen. Haben Sie nicht gehört, was der Steward gesagt hat?"

Der alte Dichter spürte, wie ihm der Magen bis zur Kehle hochstieg. Er kannte das, es hieß, das Flugzeug verlor an Höhe. Es hieß, er würde es bald überstanden haben.

Als die kleine Maschine auf dem Rollfeld aufsetzte, spritzten die Steine nach allen Seiten davon. Es handelte sich bei dem Flugplatz um einen aufgegebenen Acker, den von Steinen zu säubern sich in all den Jahren niemand die Mühe gemacht hatte. Julia schien nichts zu bemerken.

Der alte Dichter war bemüht, sich so elegant wie möglich durch die Einstiegsluke zu zwängen und wies dabei jede Hilfe zurück. Jetzt galt es, allen

Altmännergepflogenheiten zu entsagen. Zum Teufel mit der Behaglichkeit und den Vorrechten des Alters. Er würde sich von nun an zusammenreißen.

„Kommen Sie." Er faßte Julia am Arm. Nein, er stützte sich nicht auf sie. Er faßte nach ihrem Arm, um sie zum Flughafengebäude zu geleiten und sie ließ es geschehen.

Das Flughafengebäude bestand aus einer windschiefen Bretterhütte, in welcher ein kleiner Indio unbestimmbaren Alters sich in einem knirschenden Schaukelstuhl wiegte.

Die Gringa mußte denken, sie sei am Ende der Welt gelandet.

Der alte Dichter begann, sich zu schämen. Warum nur, warum, so dachte er, kann ich nicht in einem Land geboren sein, in dem ein Flughafen aus blitzendem Glas und Stahl und Chrom besteht? Wo alles sauber glänzt und Stimmen über Lautsprecher hallen?

„Don Camillo!" Der kleine Indio hatte aufgehört, sich im Schaukelstuhl zu wiegen. „Wie gehts? Und Doña Rosario?"

Er holte tief Atem. „Danke, danke. Was ich brauche, ist ein Wagen, der uns an die Bootsanlegestelle bringt."

Der Indio erhob sich und trat in die Türöffnung.

„Tut mir leid, Automobil ist zur Zeit keines da. Aber Ronaldo könnte Euch auf seinem Karren mitnehmen. Er bringt die Post in die Stadt."

Das hatte gerade noch gefehlt. Ronaldos Karren bestand aus der hinteren Hälfte eines alten Autos, das er entzweigeschnitten und ein Maultier davorgespannt hatte. Bis zum heutigen Tag hatte der alte Dichter nichts dabei gefunden: es gab kaum je Benzin in Rio San Juan, während dessen ein Maultier immer Nahrung fand. Und auf Schnelligkeit kam es hier wirklich nicht an. Aber wie bizarr mußte Julia ein solches Gefährt erscheinen!

Wieder faßte er nach ihrem Arm.

„Kommen Sie, wir haben keine andere Wahl, wenn wir nicht zu Fuß gehen wollen."

Ein großer, kräftiger Schwarzer war eben dabei, Pakete in seinem Karren zu verstauen. Er war sichtlich erfreut, den alten Dichter zu sehen, sicher wegen der winkenden Entlohnung. Camillo wagte nicht, der Gringa ins Gesicht zu sehen, als sie auf der ehemaligen Autorückbank Platz nahmen. Der Schwarze schwang sich, Zügel in der Hand, zwischen die beiden Reisenden und schnalzte dem Maultier, das sich alsbald verschlafen in Bewegung setzte.

„Ich dachte, Ihr Sohn würde uns abholen ..." bemerkte Julia schüchtern.

„Wie hätte ich ihn wohl verständigen sollen?" brummte der alte Dichter. „Glauben Sie, im Dschungel haben sie Telefon? Sie sehen ja selbst, auf welcher Zivilisationsstufe wir uns hier befinden. Daran werden Sie sich gewöhnen müssen."

Nur wenige Menschen hasteten ihrer Kutsche entgegen, mit Bündeln und Kartons bepackt, die Lehmspur zum Flughafen hügelan. Es wird Zeit, daß ich einen Plan mache, dachte der alte Dichter. Warum war die Gringa mit ihm in den Süden gekommen? Um ihren flüchtigen Mann mit seiner Geliebten aufzuspüren. Er hatte versprochen, dabei zu helfen. Konnte er das überhaupt? Wollte er es?

Nein, dachte der alte Dichter, der Gringo und die Señorita sind mir völlig gleichgültig. Wer mich interessiert, ist Julia. So wie sie jetzt ist, allein, nüchtern, hilfsbedürftig. Auf mich angewiesen. Sie würde ihn kaum zurückweisen, spekulierte der alte Dichter.

Er fing Julias Blick auf: die müden Katen am Wegrand, wüste Vorposten einer menschlichen Ansiedlung. Ungehobelte, nachlässig aneinander gefügte Bretter, dann und wann ein ausgedientes Reklameschild als Wandersatz. Staubige Dächer aus getrocknetem Palmwedel. Manchmal ein rotblühender Strauch im kargen Schmutz. Das Paradies? Motive für einen Gringofotografen?

Im Grunde, so überlegte der alte Dichter, liegt Julias Problem keineswegs bei der Señorita. Auch wenn es gelänge, diese heimzuschicken, so käme doch bald die nächste. Nein, das Problem lag viel eher bei ihr selbst. Was sie verstörte, war offensichtlich das Leben selbst, das Frauenleben. Der Gringo tat nichts anderes als jeder andere Mann. Warum sah sie darin etwas Besonderes? Etwas so außerordentlich Entsetzliches, Verwirrendes? Sie erlebte doch nur das selbe Leben wie alle anderen. Und dennoch schien sie darüber schier verrückt zu werden. Gringos. Tatsache blieb: sie war verwirrt, hatte um Hilfe gebeten und er hatte ihr seine Unterstützung zugesagt. Bei der Lösung ihres Problems.

„Don Camillo! Sehen Sie, ein Affe!"

Tatsächlich hüpfte da etwas am Rande der Lehmpiste über ein Dach, drehte sich, schwang sich in den kahlen Baum.

„Sie haben ihn angeleint. Wie gemein!"

Der alte Dichter lächelte wie über ein Kind.

„Sonst haut der ab."

„Soll er doch. Sagen Sie dem ... dem Kutscher, er soll anhalten. Ich will fragen, ob sie ihn mir verkaufen."

Sie schien alles vergessen zu haben und ganz im Banne des zierlichen Tieres zu stehen.

„Julia, Sie haben keine Ahnung, was das ist, ein Affe. Das letzte, was wir jetzt gebrauchen können."

Weiter trottete das Maultier, der eintönigen, mit Hütten gesäumten Lehmspur entlang, die sich zusehends mit Kindern und Hunden bevölkerte. Rotznäsige Bälger mit von Parasiten aufgetriebenen Bäuchen liefen brüllend durcheinander, magere, farblose Straßenköter in ihrem Gefolge.

Noch nie war dem alten Dichter Rio San Juan so schäbig erschienen. Er meinte, all dies nun mit Julias Augen zu sehen – und, mehr noch, mit denen des Gringo-Fotografen, der sich mit seiner Kamera auf das schäbige Elend stürzen würde wie ein Geier auf das Aas.

Ein alter, ehemals wohl roter Jeep rumpelte vorbei. Zwei Kinder warfen sich vor den Wagen, um im letzten Augenblick zurückzuspringen. Eine Frau stand im Eingang der nächstgelegenen Hütte und lachte. Die Kinder liefen johlend hinter dem Auto her und versuchten, es zu berühren, aufzuspringen, den Tankdeckel zu klauen, die Hunde aufgeregt kläffend hinterher.

Was soll`s, seufzte der alte Dichter und richtete sich auf. Er war nun hier, ein Witwer, frei und in Begeitung einer hübschen jungen Gringa, die ganz allein auf ihn angewiesen war. Die ihn brauchte.

Der alte Dichter lächelte glücklich. Das Leben war schön.

⚬

XII.

Der Hafen ist eine kahle Mole aus rotem Lehm. An zwei Landungsstegen haben ein paar Kähne mit Außenbordmotor festgemacht. Am Ende der Mole quillt das Leben aus einer großen, vierkantigen Baracke: das wahre Zentrum, der Markt. Steil und steinig fällt es rund um den Bau ab zum Mündungsgewässer des großen Flusses. Zwei gammelige Passagierboote dümpeln verdächtig tief im Wasser. Marktschreie: Obst, Enchiladas, Schmalzgebäck.

Ronaldos Karren hält vor einem mit groben Lettern als Hotel ausgewiesenen Gebäude. Es ist rot wie der Lehm vor seiner Tür und ragt inmitten der geduckten Hütten durch sein Stockwerk heraus.

Julia schwitzt. Sie fühlt sich schmutzig. Ein Schluck Wasser, wenigstens. Sie hat sich den Süden anders gedacht. Don Camillo entlohnt den schwarzen Kutscher und bietet ihr galant den Arm zum Aussteigen. Sie läßt sich helfen. Warum auch nicht. Sie kann Hilfe brauchen.

Der Alte geht voran in einen dunklen Raum voll wackeliger, schmutziger Tische und Stühle. Es riecht nach verbranntem Fett und Urin. Sie sind allein. Kein Mensch zeigt sich.

„Setzen Sie sich", sagt der Alte und läßt sich vorsichtig auf einem der klapprigen Stühle nieder. Die Tischplatte zeigt noch die Spuren der letzten Nacht: klebrige Coca-Cola-Reste, Glasspuren, Asche. Die Kippen liegen überall, vornehmlich unter den Tischen.

Julia verspürt einen peinigenden Harndrang. Aber allein die Vorstellung von den zu erwartenden sanitären Einrichtungen läßt ihr die Übelkeit in die Kehle steigen. Sie wird noch eine Weile ausharren. Vielleicht geschieht ja ein Wunder.

Plötzlich rappelt sich der Alte hoch.

„Entschuldigen Sie mich für einen Augenblick."

Er tappt die Treppe hinan, sichtlich bemüht, seine Gebrechlichkeit zu verhehlen.

Julia blickt aus einer schmalen Mauerlücke, dem Fenster. Der Himmel ist blankgewischt und die rote Mole strahlt. Um die Markthalle summt und brodelt es von fliegenden Händlern, Schweinen, nackten, dickbäuchigen Kindern, ausgemergelten Mauleseln, Verkäuferinnen von Orangensaft und verdächtig rosafarbenem Zuckerzeug, von Bettlern, Gaffern und Idioten.

Lautes Hupen fällt ein in das Konzert schreiender Marktfrauen, greinender Kinder, blubbernder Bootsmotoren. Julia zuckt zusammen. Sie kennt diese Hupe. Das muß ihr Jeep sein. Florians Jeep. Sicher, ganz sicher. Sie ist am Ziel. Das müssen sie sein, die beiden. So viele Autos gibt es nicht in diesem Kaff. Und bestimmt tönen nicht alle Hupen gleich. Da, jetzt hupt es wieder. Julia stürzt zum Eingang.

Das grelle Licht blendet sie. Schweiß bricht aus ihren Poren. Wo sind sie, wo ist der Jeep?

Sie läuft über die Straße, packt die dicke Indio-Frau, die rosa Zuckerwerk feilhält, bei den Schultern.

„Das Auto, in welche Richtung ist das Auto eben gefahren?"

Die Frau mustert Julia mißtrauisch.

„Welches Auto?"

„Es ist eben eines vorbeigefahren. Ich habe es hupen gehört. Aber ich konnte es nicht sehen, weil ich da drin war. Im Hotel."

Die Indio-Frau schüttelt langsam den Kopf.

„Ich habe kein Auto gesehen."

Sie lügt, ganz klar. Aber da ist nichts zu machen, weiß Julia aus Erfahrung. Sie lügen aus Instinkt, ohne besonderen Grund. Um sich vor den allmächtigen Weißen zu schützen. Verflucht, denkt Julia, gerade jetzt, wo ich nur eine ganz einfache Auskunft bräuchte. Sie kramt in ihrer Tasche nach Geld und drückt der Frau einen schmuddeligen Schein in die Hand.

„Bitte. Wohin ist das Auto gefahren?"

„Vielleicht zum Rathaus. Oder zum Flughafen? Dorthin fahren die Autos meistens. Überall sonsthin fährt man mit dem Boot."

„Julia!" Der Alte auf der gegenüberliegenden Straßenseite. Sie hastet zu ihm.

„Stellen Sie sich vor, ich habe unser Auto gehört! Sie sind hier!"

Der Alte packt sie mit erstaunlich festem Griff am Arm.

„Ich habe Frühstück bestellt. Jetzt essen wir erst einmal und dabei erzählen sie mir alles. Kommen Sie."

Julia versucht sich loszumachen, gerade so heftig, wie es im Rahmen der Höflichkeit noch zulässig scheint.

„Aber ich habe das Auto gerade eben gehört. Wir müssen sie suchen!"

Der Alte hält ihren Oberarm fest umklammert und zwingt sie zurück ins Dunkel des Hotels.

„Julia, Sie sollten allmählich anfangen, mit dem Kopf zu denken, nicht mit dem Bauch. Wie wollen Sie einem Auto nachlaufen, das Sie gehört haben? Wohin wollen Sie laufen? Wie schnell kämen Sie voran? Woher wissen Sie überhaupt, daß es ihr Auto ist? Jeeps gibt es viele. Und hier in der Wildnis gibt es praktisch überhaupt nur Jeeps."

Er drückt sie in den wackeligen Stuhl. Nie hätte sie dem Alten so viel Kraft zugetraut. Oder ist es sie selbst, die so schwach ist?

Auf dem Teller vor ihrer Nase häuft sich ein Gemisch aus Reis und Bohnen, am Rande ein blasses Spiegelei. Es riecht stark nach altem Öl. Eine dicke, verschlafene Frau schlapft herbei und wirft eine Plastikschale mit Tortillas auf den Tisch. Der Alte greift nach einer Tortilla, faltet sie und schaufelt damit geschickt Reis und Bohnen in den Mund, taucht sie ins Eigelb und verschlingt sie nach und nach mit Genuß.

„Aber Don Camillo! Wenn sie nun da sind, wenn ich sie nun finden könnte ... ich bin sicher, sie sind ganz in unserer Nähe!"

Der Alte schüttelt unwillig den Kopf und schluckt an seinem Frühstück.

„Dafür gibt es nicht den Schatten eines Beweises. Sie sehen Gespenster. Aber selbst wenn es so wäre. Was wollten Sie dann tun, wenn Sie sie gefunden hätten?"

„Sie wegmachen, abschaffen, verschwinden lassen. Als hätte es sie nie gegeben!" schießt es aus Julias Mund.

„Was?!" Dem Alten scheinen die Bohnen im Halse steckenzubleiben. Warum nur? Hat er bis jetzt

nichts begriffen? Warum hat er sie dann mitgenommen, an den großen Fluß?

Die Frau schlurft abermals herbei und setzt zwei
Plastikbecher voll Kaffee auf den Tisch. Sie sehen
nicht sehr sauber und jedenfalls reichlich abgekaut
aus. Julia spürt ihren Magen leicht gegen die Kehle
schwappen. Aber sie lacht, wie trotzig. Sie weiß
nicht, was sonst tun. Sie greift nach einer Tortilla.
Sie wird sich erbrechen müssen, so oder so.

„Ich dachte, das wäre klar. Sonst hat doch das alles
keinen Sinn."

Der Alte starrt sie mit weit aufgerissenen Augen
an, als sei sie ein Monstrum, ein Gespenst, ein Alb.

„Aber warum denn ... das? Warum? Sie können
doch nicht herumlaufen und Leute ... zur Seite
bringen, deren Nase Ihnen nicht paßt!"

Julia stochert mit ihrer Tortilla im Eigelb. Es
schmeckt in abstoßender Weise nach nichts. Der
Kaffee ist ungenießbar süß. Sie spricht, ohne den
Blick zu heben.

„Ich habe auch nicht gedacht, daß ich ... daß ich
herumlaufe und so ..."

Dem Alten scheint sein Essen nicht mehr zu
schmecken. Er trommelt nervös mit den
Fingerknöcheln auf die Tischplatte.

„Wollen wir einmal klarstellen: was genau haben
Sie gedacht?"

Sie läßt sich Zeit. Sie wird ihm zeigen, daß sie mit
dem Kopf zu denken imstande ist.

„Sie sind doch so eine Art Zauberer ..."

„Ich bin der Jujumann, das ist etwas ganz anderes",
fährt der Alte dazwischen, „das ist eine ernste
Sache."

„Mein ... Vorhaben ist auch eine ernste Sache. Mercedes hat es mir gesagt: diese Hexe hat den bösen Blick auf mich geworfen. Und Sie können mir helfen. Sagt Mercedes. Und Sie selbst haben es auch gesagt und mich hierher mitgenommen. Was haben denn Sie gedacht, wozu?"

Der Alte atmet tief durch und lehnt sich zurück. Die Sessellehne kreischt auf.

„Hören Sie, Sie sind verwirrter, als ich geglaubt habe. Wir werden jetzt genau das machen, was wir vorgehabt haben. Wir nehmen ein Boot nach El Paraiso. Sie erholen sich ein wenig. Wenn ihr Mann und die Señorita in der Gegend sind, landen sie früher oder später auf der Finca. Dann sehen wir weiter."

Julia rutscht unbehaglich auf dem Stuhl hin und her. Je weiter sie sich von der Zivilisation entfernen, desto unsicherer fühlt sie sich. Und desto kräftiger und sicherer scheint dieser unheimliche Alte zu werden. Jetzt steht er auf, ganz ohne das übliche Geächze und faßt sie fürsorglich an den Schultern. Überhaupt faßt er sie bei jeder Gelegenheit an. Vielleicht ist das aber auch nur die Landessitte, dieses ewige Geküsse und Umarmen, aus dem nichtigsten Anlaß, ohne Anlaß, routinemäßig. Julia erhebt sich, läßt sich widerstandslos aus der eklen schwarzen Höhle geleiten. Als werde sie abgeführt.

Vielleicht war es keine gute Idee, mit dem Alten in die Wildnis zu gehen. Eine müßige Überlegung. Jetzt kann sie nicht mehr zurück, will auch nicht mehr zurück. Feige ist sie nicht. Sie wird die Zähne zusammenbeißen und das durchstehen.

Es ist heiß geworden und die Zeit fließt zäh dahin, breitet sich aus wie ein Flecken alten Öls.

Geblendet von dem gleißenden, flirrenden Tageslicht überquert sie am Arm des Alten die Mole. Gemeinsam tauchen sie ein in das Gewühle des Marktes. An der Hinterseite der riesigen Baracke führt ein wackeliger Steg ins Wasser hinaus. Der Alte wechselt ein paar Worte mit einem schmutzigen Knaben, der auf dem Steg herumlungert. Daraufhin hilft der Junge dem Alten in einen Einbaum. Immerhin bestückt mit einem Außenbordmotor.

„Werde auf El Paraiso tanken müssen", sagt der Junge. „Bis dahin sollten wir den Motor nicht brauchen."

Der Junge reicht Julia die Hand, um ihr beim Einsteigen zu helfen. Der Alte fängt sie nach ihrem Sprung ins Boot hilfreich auf.

Das Kanu gleitet in der sanften Uferströmung vorbei an Frauen, die ihre Wäsche in dem braunen Fluß waschen, an bunt wucherndem und blühendem Grün, das sich vom Ufer in die Strömung neigt, immer wieder vorbei an kleinen Bananenpflanzungen. Langsam treibt es durch andere Welten, andere Zeiten dem Meer zu.

Julia ist ruhig geworden, seit sie in dem Boot sitzt. Ihre hitzigen Gedankenstrudel scheinen gekühlt, geglättet. Auch sie ist nur eines der unzähligen Wesen, die auf dem großen Fluß leben, in ihm leben, von ihm leben. Er strömt dahin, immer derselbe, immer ein anderer, ewig.

Später wird Julia nicht sagen können, wie lange sie so schweigend flußabwärts geglitten sind. Die überbordende grüne Wand am Ufer ist unendlich vielgestaltig und bleibt sich doch immer gleich. Die Zeit löst sich auf in ein Mosaik der Pflanzen. Diese feuchte Hitze. Diese Stille. Sanft gleitet das Boot der Böschung entlang in einen ruhigen Seitenarm des großen Flusses. Dämmrig wird es. Die Wipfel der uralten Bäume beiderseits des Ufers berühren einander fast. Ab und zu stößt der Junge das Boot sachte mit einem Ruder ab, wenn es unter das Ufergebüsch zu geraten droht.

Wie unwirklich diese Reise ist. Wie ist sie nur hierher gelangt? Warum?

‿

XIII.

Der alte Dichter wiegte sich sanft in der zerschlissenen Hängematte, die nur eine Handbreit über dem Holzfußboden der Veranda baumelte. Fünf kleine, braune Pferde grasten auf der Weide neben dem Haus, einem mühsam dem Dschungel abgerungenen Stück Grasland. Dahinter begann schon der Wald lebendig zu werden. Keine fünfhundert Meter von ihm entfernt stand er wie eine grüne Wand, die mit der Dämmerung erwachte: es zirpte, kreischte, schmatzte, krächzte, brüllte, gluckste. Deutlich stand der fast volle Mond am noch hellen Himmel, während die Schatten der kommenden Nacht schon auf der Erde lasteten.

„Papa? Störe ich dich?"

Es war Jaime. Mit einer Flasche Rum und zwei Gläsern. Der alte Dichter seufzte. Was konnte er darauf schon antworten.

„Aber nein. Obwohl mir der Rum nicht mehr so schmeckt, seit deine Mutter nicht mehr ist."

„Ja, Mama geht uns allen sehr ab. Was für ein schrecklicher, absurder Tod. Ich habe immerzu daran denken müssen. Und so bin ich auf die Idee gekommen."

Jaime schaltete eine feierliche Pause ein, schenkte Rum in die Gläser und reichte eines davon dem alten Dichter.

„Auf Mama, die nun vom Himmel auf uns heruntersieht."

„Na, ich bezweifle, daß ihr gefällt, was sie da sieht. Was war das für eine Idee, die du da gehabt hast?"

Ein selbstzufriedenes Schmunzeln zog über Jaimes Gesicht, was ihn trotz seines kräftigen Körperbaus seiner Mutter überaus ähnlich erscheinen ließ. Er nahm einen Schluck Rum und rieb sich bedächtig die Hände, während er sprach. Der alte Dichter beobachtete mit Mißfallen das provinzlerische Gehabe seines Sohnes. Woher er das nur hatte, diese Schwerfälligkeit, diesen dumpfen Kopf?

„Es ist wegen der Schlangen. Man kann ihr Gift melken und verkaufen. Teuer verkaufen, ich habe mich erkundigt. Sie machen daraus Medikamente, vor allem Schlangenserum. Ich habe schon ein gutes Dutzend gefangen."

„Bist du verrückt?" Der alte Dichter fuhr in seiner Hängematte hoch. „Ich bin weiß Gott kein Feigling, aber immerhin ist deine Mutter an einem Schlangenbiß gestorben!"

Wieder breitete sich dieses abstoßende Lächeln auf dem Gesicht seines Sohnes aus.

„Aber Papa, wir haben Schlangen gefangen, seit wir Kinder waren. Die Indios haben es uns beigebracht. Es ist ganz einfach. Man nimmt einen Stock, der sich am Ende gabelt ..."

„Jaja, das weiß ich auch ..." unterbrach ihn wütend der alte Dichter. „Aber ich habe keine Lust, unter einem Dach mit diesen Biestern zu hausen. Weg damit, sofort. Und kein Wort davon zu der Gringa. Die bekommt sonst einen Herzinfarkt."

„Ganz ruhig, Papa."

Dieses widerliche Überlegenheitsgetue des Jungen. Als wäre ich ein Kind und er der Vater, dachte der alte Dichter und schnaubte verächtlich durch die Nase.

„Ich halte die Schlangen in einer Hütte im Wald. In Gehegen. Füttere sie mit jungen Mäusen und Cucarachas. Davon haben wir genug."

„Hör auf, hör auf." Dem alten Dichter wurde übel bei der Vorstellung. „Und vor allem kein Wort davon zu der Gringa."

„Ja, die Gringa ..." Jaime schien nachzudenken. „Wann erwartest du ihren Mann?"

Der alte Dichter zuckte mit den Schultern.

„Schläft sie? Ich werde nach ihr sehen."

Jaime schien Einwände zu haben, wagte aber nicht, sie vorzubringen. Es war wichtig, von Anfang an klarzustellen, daß die Belange der Gringa ihn allein etwas angingen. Er würde sich nicht durch die spießigen Schicklichkeitsüberlegungen seines spießigen Sohnes in seinen Plänen behindern lassen.

Der alte Dichter rappelte sich in der Hängematte hoch. In diesem Moment ratterte der Generator los und alle Lichter im Haus und auf der Veranda flammten auf. Er meinte Bewegung unten an der Bootsanlegestelle auszumachen, Stimmen, die unverwechselbaren Geräusche eines Bootes, das festgemacht wird.

Ofelia, die seiner Schwiegertochter als Mädchen für alles diente, huschte die Treppe hinunter, um die Neuankömmlinge zu empfangen.

Wer diesem winzigen, fast stummen Wesen wohl diesen Namen gegeben hatte? Ofelia war der kleinste erwachsene Mensch, den der alte Dichter je gesehen hatte. Sie reichte ihm bis knapp an den Bauchnabel und besaß die Kompaktheit eines hölzernen Fetischs – ein Eindruck, der von ihren unbeweglichen indianischen Gesichtszügen noch unterstrichen wurde. Niemand ahnte, wie die winzige Ofelia zu den beiden Kindern gekommen war, die ihr stets halbnackt am Rockzipfel hingen. Sicher war, daß Ofelia ein Medium zur Kommunikation mit den verstreut im Urwald lebenden Nachbarn war – allesamt indianische Subsistenzbauern. Wie sie das anstellte, blieb ihr Geheimnis. Sicher war nur, daß jedesmal, kaum daß der alte Dichter eingetroffen war, die Nachbarn mit ihren Kanus aus allen Himmelsrichtungen herbeikamen. So auch diesmal. Es hätte ihn verwundert und verstört, wäre es anders gewesen.

Sie kamen schwatzend die Treppe hoch: ein halbes Dutzend schmaler, kleinwüchsiger und ziemlich zerlumpter Männer.

Der alte Dichter erhob sich aus der Hängematte, um sie zu begrüßen und die Geschenke entgegenzunehmen. Als erster umarmte ihn Yatama, der sein nächster Nachbar war – ein etwa vierzigjähriger Indio, mit offenem, zerfetztem Hemd und Baseballmütze. Er machte Anstalten, dem alten Dichter eine Staude Kochbananen zu übergeben.

„In die Küche, Yatama, in die Küche", sagte der alte Dichter, während er den Nachbarn umarmte und ihm auf die Schulter klopfte.

Einer nach dem anderen begrüßte den alten Dichter, diesmal noch weit ehrfürchtiger als sonst, denn es hatte sich längst schon herumgesprochen: Don Camillo war jetzt der Jujumann.

Brooklyn, in dessen Adern reichlich schwarzes Blut floß, brachte ihm eine fast zwei Meter lange Schlangenhaut, die in der zivilisierten Welt bestimmt ein Vermögen wert war. Der kleine Cabezas brachte wie immer getrocknete, eingesalzene Fische; einer, an dessen Namen er sich nicht erinnerte, brachte in Bananenblätter gewickelte Maispasteten und die beiden Holzfäller vom Rio Frio kamen mit Früchten und Kokosnüssen. Diese Geschenke hatten sie ihm auch früher schon gebracht, in Wirklichkeit aber waren sie für den alten Hanibal bestimmt gewesen, als Entschädigung für das Tier, das er beim Ritual würde schlachten müssen. Ein Huhn würde für den Anfang genügen, überlegte der alte Dichter. Nur in äußersten Notfällen entschloß sich der Jujumann zur Opferung eines Kalbes. Nein, das wollte er Jaime nicht antun.

Jaime verteilte Holzbecher mit Rum unter den Gästen. Man würde aufpassen müssen, daß sie nicht vor der Zeit mit den Göttern in Kontakt kamen. Die Indios vertrugen keinen Rum, das war eine hundertfach bewiesene Tatsache.

Man sprach vom Anbau der Raicilla, der Wurzel einer Arzneipflanze, die angeblich im Augenblick zu zehn Dollar das Pfund gehandelt wurde. Man sprach von Rinderrassen und Kreuzungen und schließlich von dem Schnellboot. Jeder wollte es in den letzten Tagen gesehen oder doch zumindest gehört haben. Es war eine Art überirdischer Erscheinung, die nur alle paar Jahre stattfand, wenn es irgendeinem Regierungsbeamten aus der Hauptstadt einfiel, der Region einen Kurzbesuch abzustatten. Das Boot, da war man sich einig, flog schneller dahin als der Wind, als der Blitz, getrieben von einem gefährlichen, donnernden Grollen, das nichts mit dem gemütlichen Tuckern der bekannten Außenbordmotoren gemein hatte. Es war mehr ein Gespenst, ein Geist, denn ein Boot.

Es könnte nicht schaden, Shango, dem Gott des Donners, ein Opfer zu bringen, faßte der schwarze Brooklyn die Situation zusammen.

Der alte Dichter hatte es nicht anders erwartet. Er nickte und bedeutete der kleinen Ofelia, ihm mit der Petroleumlampe den Weg zum Hühnerstall hinter dem Haus zu weisen.

Der Mond stand groß und dottergelb in den Bäumen. Kleine, ruhige Wellen schwappten plätschernd ans Ufer. Ein Rind muhte verschlafen in die Nacht.

Ofelia reichte dem alten Dichter wortlos die Petroleumlampe und glitt in den schäbigen Bretterverschlag hinter dem Haus, der Jaime als Hühnerstall diente. Eine Schande, dachte der alte Dichter. Aber wenn man wie er Jahr und Tag nichts als Baracken sieht, gewöhnt man sich wohl oder übel an deren Anblick und sieht nicht mehr ein, warum man Zeit, Mühe und Material an einen ordentlichen Hühnerstall verschwenden sollte. Aus dem Verschlag war kurzes Gackern und Flügelschlagen zu hören. Sodann tauchte die Kleine wieder auf, triumphierend ein Huhn an den Füßen über ihrem Kopf schwenkend.

„Wer ist da?"

Julia. Der alte Dichter hatte sie nahezu vergessen gehabt.

„Ich bin es, Camillo. Gehen Sie ruhig wieder schlafen."

Ihre Silhouette zeichnete sich deutlich hinter dem Fliegengitter am Fenster ab.

„Ich kann nicht schlafen. Diese vielen fremden Stimmen, diese schrecklichen Geräusche ..."

„Nur ein Huhn, Julia, ich habe nur ein Huhn geholt."

Er versuchte, sie zu beruhigen. Alles zu seiner Zeit, sagte sich der alte Dichter, und nun hatte er keine Zeit für die Gringa. Oder aber ... wenn er sie nun mitnahm ... könnte dies sein Vorhaben etwa beschleunigen? Könnte er sie auf diese Weise nicht ganz und gar in seinen Bann schlagen? Und schlimmstenfalls ... was konnte schon geschehen?

Der alte Dichter hüstelte unbehaglich. Man wußte es eben nicht. Er war der Jujumann, er war verantwortlich und es gab auf der ganzen Welt niemanden, den er hätte fragen können.

„Ich habe Stimmen gehört ... und das Huhn. Für wen ... ach sagen Sie mir doch, sind sie gekommen?"

Die Gringa war tatsächlich besessen. Vermutlich hatte Mercedes recht gehabt. Jemand hatte den bösen Blick auf sie geworfen.

Der alte Dichter seufzte.

„Also gut. Ich will tun, was ich kann. Ich nehme Sie mit, auf ihre eigene Verantwortung. Zumindest kommen Sie so auf andere Gedanken. Ziehen Sie sich was über und kommen Sie an die Bootsanlegestelle."

Er hörte sie durch die dünnen Holzwände in ihrem Zimmer rumoren. Der alte Dichter atmete tief. Er hatte eine Entscheidung gefällt. Die Gringa würde bei der Zeremonie dabeisein. Eigentlich sprach nichts dagegen. Shango, der Gott des Donners, hatte nichts gegen Frauen. Er war der Gott der Gerechtigkeit. Die Gringa war halb verrückt vor Rachedurst.

Was auch immer passierte, sie würden einander nach der Zeremonie enger verbunden sein als vorher. Ja, er hatte die richtige Entscheidung getroffen.

Im weichen Licht des vollen Mondes waren die Männer eben dabei, Utensilien für das bevorstehende Opfer in den Booten zu verstauen. Rum, Rum, Rum, den billigen weißen Fusel, mit welchem sich die Indios hier zu betäuben pflegten und auch eine Flasche seines zehnjährigen. Dem Huhn hatte man die Beine zusammengebunden. Brooklyn reichte dem alten Dichter das Opfertier, dem nun alles Gackern und Flügelschlagen vergangen war.

Die Gringa trat zögernd aus dem Haus und näherte sich der Anlegestelle. Sie trug ein weißes Hemd über ihren Jeans.

Gut so, dachte der alte Dichter. Weiß und rot waren die Farben des Donnergottes. Er streckte die Hand aus, um ihr in den Einbaum zu helfen. Das Boot schwankte heftig, als sie sich ihm gegenüber niederließ. Die Gringa stieß einen heiseren, erschrockenen Schrei aus. Der alte Dichter legte beruhigend die Hand auf ihr Knie.

„Ganz ruhig. Was auch immer Sie sehen, ganz ruhig. Hier im Wald sind die Geister und Götter noch lebendig und mächtig. Aber keine Angst, ich bin ja bei Ihnen."

„Ich habe keine Angst", sagte Julia mit überraschend fester Stimme. „Ich habe ein Ziel. Mir ist jedes Mittel recht. Auch Götter und Geister, warum nicht."

Der alte Dichter lächelte im Mondschein und tätschelte ihr Knie. Du wirst es schon noch mit der

Angst bekommen, dachte er. Bald, bald ist es soweit.

Yatama stieß das Boot mit dem Ruder vom Ufer ab und die Indios in den vier weiteren Einbäumen taten desgleichen.

Langsam und lautlos glitten sie auf den schwarzen Wassern dahin. Der Mond stand hoch über den Wipfeln der Bäume und schrieb geheime Zeichen aus Licht und Schatten auf die Gesichter der Menschen.

ϾϿ

XIV.

Julia starrt ins Feuer. Wie lange schon? Wie lange
schon dröhnen die Trommelschläge im Dunkeln?
Tam, tam, tamtamtamtam, tam ... Die Flammen
wiegen sich mit den Schlägen, tanzen wie
Schlangen, wiegen sich in den Hüften, wirbeln im
Rythmus der Trommeln, sprühen knisternd Funken
in die Nacht. Tam, tam, tamtamtamtam ...
Julia hockt vor dem Feuer und wiegt ihren Körper
hin und her, hin und her.
„Trink!" sagt jemand und setzt ihr eine Flasche an
die Lippen. Sie schuckt gehorsam. Rum, Rum,
Rum. Tagelang schon hat sie ohne Drinks gelebt.
Sie haben ihr nicht gefehlt. Jetzt brennt das
Feuerwasser durch ihre Kehle und steigt direkt in
ihren Kopf wie ein mächtiger Sturm, der alles
hinwegfegt, Furcht, Neugier, Eitelkeit, Eifersucht.
Eine vollkommene Leere breitet sich aus in ihr
zum Klang der Trommeln.
Schatten umtanzen das Feuer, stampfen mit
unsichtbaren Beinen, drehen sich, drehen sich ...
Ein Wirbelsturm tost in ihrem Kopf und süßer
Rauch von getrockneten Kräutern füllt ihre Lunge.
Wie ihr Herz klopft, im Takt der Trommeln, als
wolle es aus ihrer Brust springen.
„Trink!" Wieder der brennendsüße Strom in ihrer
Kehle und dieser mächtige dumpfe Druck, der sich
stetig gegen die Schädeldecke stemmt. Julia
schnappt nach Luft, nach der feuchten, rauch-
geschwängerten Nachtluft.
Die Fetische tanzen. Eine Unzahl seltsamer, halb
tierischer Götter. Ein Schrei schneidet durch die

Nacht, ein heiserer Todesschrei, ein Krähen, letztes Krächzen. Die Trommeln schweigen. Die Farbe Rot. Menschenopfer?

Menschenopfer. Was wird mit ihr geschehen? Sie hat vergessen, wie und warum sie hierher gelangt ist. Etwas wird geschehen. Bald. In einer Stunde, in zwei Stunden. Schon ist es nahe, kommt unaufhaltsam näher.

Durch die Rauchschwaden sieht sie das Blut des buntgefiederten Gottes sich über die Fetische ergießen. Tam, tam tamtamtam ... und sie tanzen, stampfen rotglänzend im Feuerschein, taumeln mit leeren Augen durch die Nacht.

Julias Lider senken sich, sie leistet keinen Widerstand. Sie ist nicht allein. Sie geht, stapft vorwärts, unermüdlich. Jemand schreitet hinter ihr. Sie traut dieser Person nicht, sei es Gott, Geist, Bruder oder Schwester, obwohl sie ahnt, daß sie beide eins sind und aneinandergekettet. Seit jeher waren sie so marschiert, einer des anderen Last. Sie kennt das Ziel nicht, aber sie fühlt es nahe. Schweiß läuft über ihr Gesicht, und vor Müdigkeit fallen ihre Augen zu.

Ein Vogel schießt vom Himmel herab, ein Falke, und landet vor ihren Füßen. Sie beugt sich zu ihm herab und der Vogel speit eine große Schlange aus. Julia weicht entsetzt zurück, doch hinter ihr droht der finstere, der unendliche Abgrund. Zwischen Schlange und Abgrund sieht sie, an wen sie gekettet ist: die dunkle Schwester, die andere Julia, die sie mit sich fortreißt, in eine enge Schlucht, einen Fluß aus Blut.

Mit einem Mal ist sie allein. Sie hat die andere in der Finsternis verloren. Sie weiß, dies ist das Ende für sie wie für die andere. Julia müßte sie beim Namen rufen, dann wären sie beide gerettet. Aber sie weiß den Namen nicht. So verzweifelt sie auch nachdenkt, ihr fällt der Name der dunklen Schwester nicht ein. Und der Tod kommt immer näher. Der Name der Schwester, der Name ...

Julia windet sich, dreht sich, kriecht und kommt doch kaum ein paar Handbreit vorwärts. Dort hinten, im Finstern, dort lauern sie, Julia weiß es, kann sie spüren, ja fast sehen: sie, die Monstren, Ungeheuer, die alle ihre Sünden kennen, die auftauchen aus dem Schlamm der Erde, rot und schrecklich, zähnefletschend, feuerspeiend, die sich wiegen und schlängeln und dazu gräßlich lachen. Sie brauchen nur noch die Klauen auszustrecken nach ihr, die nicht vorankommt in ihrer Erdenschwere, deren Glieder ihr nicht gehorchen, deren Kraft nicht ausreicht, deren Sünden sie niederdrücken. Was werden sie anstellen mit Julia, wenn sie ihrer habhaft werden? Sie zerreißen, ihr Fleisch fressen, ihr Blut saufen? Ihre Schwänze in sie stoßen ohne Ende?

Sieh sie an, deine Ungeheuer, sagt jemand, sieh sie ganz genau an, das ertragen sie nicht. Sie sind nur schrecklich und machtvoll, wenn du vor ihnen fliehst. Steh auf und sieh sie an. Atme. Lebe.

Der alte Mann mit den langen, weißen Haaren hält sie in den Armen, steichelt sie, summt ihr Worte ins Ohr, Worte einer vergessenen Sprache. Julia gibt nach, läßt sich fallen, überläßt sich dem Strudel der Bilder, die auf sie einstürzen.

Da ist Charlotte, die dunkle Schwester, die aus den Flammen taucht, sich in den Hüften wiegt und den Blick nicht von ihr wendet. Sie nagelt Julia fest mit ihren schwarzen Augen, hypnotisiert ihre Beute, nähert sich langsam und stetig, leckt sich die Lippen, grinst lüstern und siegesgewiß.

Und Florian so weiß, so bleich. Zitternd, frierend. So schwach. So weit entfernt. Julia streckt die Arme aus. Er sieht sie nicht. Starrt blicklos ins Leere und wird immer kleiner, blasser. Wehrt sich nicht. Hat aufgegeben.

Nein, will Julia schreien, halt, das nicht, das habe ich nicht gewollt, das lasse ich nicht zu, komm zurück, schau mich an, halt dich an mir fest. Ich bin noch da, will sie schreien, ich lebe noch, mich hat sie noch nicht erwischt, mir noch nicht das Leben ausgesogen. Ich kann mich kaum rühren, so schwer sind meine Glieder, aber ich fühle mich noch, bin noch lebendig. Du! Nimm dich zusammen! Streng dich an! Bleib!

Der Wald kichert hinter den Flammen, gluckst und kichert spöttisch. Julia sieht in die seltsam glühenden Augen des alten Mannes. Es sind die Augen einer Schlange. Eine kleine Flamme lodert aus dem Maul des Reptils. Verlangende Flamme. Zischt und wiegt sich und wird sich auf Julia stürzen, bald, gleich, jetzt. Jede Flucht wäre das Ende. Sie wird dem gelben Blick standhalten müssen. Die Schlange hat sich aufgerichtet und züngelt suchend nach allen Seiten. Plötzlich schreit ein Vogel ganz nah. Tausende Vögel fallen ein, große und kleine, zwitschern, krächzen, krähen, kreischen.

Es graut der Morgen. Das Leben schält sich wieder aus der Nacht. Längst sind die Flammen erloschen, die Trommeln verstummt und der Rum versiegt. Alles ist zu Asche geworden.

Julia friert. Ihre Kleider sind schweißnaß. Eine laute, grelle Stimme schlägt an ihr Ohr. Sie kennt diese Stimme, hält sich die Ohren zu, kneift die Lider zusammen, vergräbt sich in den eigenen Armen, will vergehen, verwehen, sich auflösen, nur um dieser Stimme zu entkommen.

Ihre ungeduldige, herrische Stimme. Die Stimme des Feindes.

Diese Stimme zum Schweigen bringen. Diese helle, harte, allzu sichere Stimme. Stimme, die quälen will mit ihrem Laut. Stimme, die gellend um Hilfe schreien wird, röcheln wird, ringen nach Luft und gurgelnd ersterben wird.

„Was um alles in der Welt hat sie hier zu suchen?"

Schweigen. Jemand beugt sich über sie.

„Das hat uns gerade noch gefehlt. Ein Stein um den Hals."

Niemand antwortet. Die Stimme wird immer ungeduldiger.

„Wenn ich das gewußt hätte ... hast du das gewußt?"

Julia stellt sich tot. Noch ein paar Minuten gewinnen. Sekunden. Sie kann den Atem über sich hören. Den Schweiß riechen. Florian. Nur nicht die Augen öffnen. Nur nicht sehen.

„Was ist los mit ihr?" Wieder die Stimme.

Sie kann den Mann über sich nicht mehr riechen. Schritte entfernen sich. Endlich sagt Florian: „Sie schläft ihren Rausch aus."

Die Tür wird vorsichtig zugezogen. Julia ist allein. Liegt in ihren nassen Kleidern auf dem Bett. Sie sind also gekommen. Wie auch immer. Der alte Jujumann hat es geschafft. Hat sie hergelockt. Er wird ihr auch weiter helfen. Don Camillo will von der ganzen Sache nichts wissen. Aber der Jujumann hilft.

Die Schlange.

„Siebzehn Rosen für Emilia..." trällert es nebenan. Julia springt aus dem Bett. Mercedes, nur Mercedes singt sowas. Mercedes, ausgerechnet die abergläubische Mercedes erscheint ihr nun als Botin aus einer anderen Welt, einer friedlichen, zivilisierten, konfortablen Welt. Eine Vertraute, Mitwisserin, Helferin. Ihre Mercedes.

Sie öffnet die Tür zum Zimmer nebenan einen Spalt breit.

„Siebzehn Rosen für Emilia..." Das Mädchen spannt ein Laken über ein breites Doppelbett und wendet Julia ihr ausladendes Hinterteil zu.

„Merce! Was machst du da?"

Mercedes wendet sich um, gar nicht überrascht.

„Man hat mir gesagt, Sie seien krank. Sind Sie krank, Doña Julia?"

„Für wen richtest du dieses Bett? Für ... sie?"

„Don Camillo hat es mir befohlen. Sind Sie wirklich krank?"

Julia fühlt die Tränen aus dem Hals in die Augen steigen. Sie schlingt ihre Arme um das dicke Mädchen und drückt sie mit aller Kraft an sich, gegen die Tränen nach Atem ringend.

„Nein, aber diese Hexe hat den bösen Blick auf mich geworfen, ich bin jetzt ganz sicher. Du hattest ja so recht, Merce. ich glaube, sie haben sich alle verschworen, um mich verrückt zu machen, mich aus dem Weg zu räumen, was weiß ich ... Hilf mir, Merce, sag mir, wie ist das mit dem bösen Blick?"

Mercedes hält sie umarmt und tätschelt ihre Schulter.

„Aber Doña Julia, das ist doch Aberglaube. Sie haben es selbst so oft gesagt ..."

„Weil ich keine Ahnung hatte", würgt Julia hervor. „Das hast du oft gesagt. Aber du ... hilf mir, sag mir, was du weißt!"

Das Mädchen entwindet sich sanft der Umarmung und zieht den weißen Schleier des Moskitonetzes über das breite Bett.

„Sie sollten mit Don Camillo darüber reden. Er ist der Jujumann."

Julia läßt sich seufzend auf den Bettrand sinken und betrachtet ihre Füße, kleine, braune, schmutzige Füße. Zehen mit abgeblättertem Nagellack.

„Jaja", sagt sie. „Das werde ich wohl tun müssen."

Mercedes hat recht. Nur so lassen sich die Dinge wieder ins Lot bringen. Es ist ganz einfach: ein Geschäft. Die Kunst besteht nur darin, seine Haut so teuer wie möglich zu verkaufen.

„Merce?" Julia rafft sich auf. „Ich brauche ein Bad. Frische Kleider. Blumen ins Haar. Du weißt schon ... wie eine Braut!"

Mercedes lächelt breit.

„Hier baden die Leute im Fluß ..."

„Gehen wir."

☙

XV.

Das kleine Boot bewegte sich mit der trägen
Strömung des Rio Perdido. Sachte stieß es der alte
Dichter immer wieder mit dem Ruder vom Ufer
ab. Zu gegebener Zeit würde es sich mühelos unter
dem überhängenden Ufergebüsch verbergen
lassen.

Mit einem leisen Lächeln erinnerte er sich jenes
Nachmittags vor vielen Jahren, als er den Badeplatz der Mädchen entdeckt hatte. Auf El Paraiso
pflegte alle Welt sich seit jeher in Kleidern an der
Bootsanlegestelle zu waschen. Nur für Rosario
wurde das Wasser in Krügen ins Haus geschleppt
und in ein Emaillebecken gegossen.

An jenem Nachmittag hatte er sich wie so oft mit
dem Einbaum aufgemacht, statt Siesta zu halten.
Er hatte damals eine seiner produktiven Phasen
durchlebt und das ziellose Gleiten durch die
ruhigen, trüben Gewässer des Urwalds inspirierte
ihn stets zuverlässig. Diese satte Stille im Schatten
der Baumriesen ...

Da plötzlich hatte er Gekicher vernommen, ein
halb unterdrücktes, aufgeregtes Mädchengekicher.
Mit einer Bewegung des Ruders hatte er das Boot
im Ufergezweig in Deckung gebracht, so wie er es
eben auch tat. Der Fluß machte an dieser Stelle
eine leichte Biegung, sodaß er sich halb aufrichten
mußte, um zu erkennen, was in den vor ihm
liegenden stilleren Gewässern vor sich ging.

Zwei nackte, dunkle Indiorangen hockten einander
gegenüber im seichten Wasser und kicherten
atemlos. Kaum zwei Meter von ihnen entfernt im

Ufersand saß seine damals zwölfjährige Tochter Antonietta im Unterkleid und beobachtete die beiden.

Angst und Lust starrten unverhohlen aus dem vertrauten Kindergesicht. Die beiden Indios im Wasser hielten ihre Hände zwischen den Beinen versteckt. Ihr Kichern war in ein Stöhnen, nach Luft schnappen übergegangen. Antonietta war erregt aufgesprungen. Da ließen sich die beiden nacheinander kopfüber ins Wasser fallen, plantschten und spritzten und kreischten wie eben ausgelassene Kinder. Es waren zwei Mädchen, wie der alte Dichter bei dieser Gelegenheit erleichtert feststellte.

„Toni, komm, du mußt dich auch waschen!" japste eine der Gören.

Antonietta stand bereits mit den Füßen im Wasser.

„Aber ich fürchte mich!"

„Feigling! Komm, es tut gut, du wirst sehen!"

„Mich wäscht meine Mutter und das tut gar nicht gut."

Wieder kicherten die Indiomädchen.

„Komm rein, dann zeigen wir dir ein Geheimnis!"

„Einen Zauber, den Weiße nicht kennen!" schrie das magerere der beiden Kinder aufgeregt. Antonietta begann zögerlich an ihrem Unterkleid zu nesteln.

Kinderspiele, hatte der alte Dichter gedacht. Und sich bemüht, das Boot lautlos flußaufwärts zu lenken. Besser, niemand wußte, daß er diesen Badeplatz kannte. Vielleicht gab es hier ja eines Tages etwas tatsächlich Interessantes zu sehen. Um Antonietta hatte er sich keine Sorgen gemacht. Es war nur gut, wenn sie ab und zu Rosarios strenger

Aufsicht entkam und mit den Urwaldkindern herumstrolchte, statt zu sticken oder gar zu beten. Deshalb diese Angstlust in ihren Augen. Aber es hatte ein seltsames Flirren in der Luft gelegen, dieses atemlose Lachen, diese Spannung ... So harmlos war dieses Geplantsche vielleicht garnicht gewesen, dachte der alte Dichter heute. Aber egal, Antonietta war längst verheiratet, gut verheiratet und arbeitete als Regierungsbeamte. Wenn die beiden Indiogören ihr damals etwas Schlüpfriges beigebracht hatten, so hatte das bestimmt nie jemand erfahren. Nein, seine Tochter war eine anständige Frau geworden, wischte der alte Dichter die Erinnerung energisch beiseite. Er meinte, Stimmen zu hören. Vorsichtig richtete er sich in dem Boot auf und spähte durch die Zweige.

Es waren die beiden Frauen, die er erwartet hatte. Mercedes legte ihr Bündel unter einem großen, flammend rot blühenden Jacarandabaum ab. Die Gringa zog sich langsam, wie unter Mühen, ihr schmutziges Hemd über den Kopf. Glücklicherweise stand sie ihm zugewandt, sodaß er ihre Brüste in Ruhe studieren konnte. Sie waren nicht groß und weich, wie die meisten Männer sie liebten, sondern rund und fest wie ein paar Orangen, goldfarben, gekrönt von saftigen, reifen Beeren. Es trieb ihn, auf der Stelle zu kosten von diesen Früchten, zu saugen, zu beißen, zu lecken, sie auszuschlürfen ...

Der Einbaum unter seinen Füßen begann zu schwanken. Der alte Dichter mußte sich setzen, wollte er nicht Gefahr laufen, entdeckt zu werden. Er wollte sie haben, diese Gringa, koste es, was es wolle. In der vergangenen Nacht hätte er sie nehmen können, aber das war es nicht, was er wollte: bewußtlos, berauscht, vor all den anderen, die dann womöglich auch ... Ebensogut hätte er es da mit dem Opferhuhn machen können. Nein, ihn interessierte ihr Wissen. Es gab Frauen, die wußten um bestimmte Dinge, von denen die meisten keine Ahnung hatten. Von denen auch Männer keine Ahnung hatten. Von denen anständige Frauen nichts wußten und nichts wissen wollten. Aber Julia war eine Gringa, weder anständige Frau noch Nutte. Und etwas an ihrer Art, zu gehen, sich zu bewegen, sagte ihm, daß sie über diese geheimen Dinge Bescheid wußte. Daß es mit ihr ganz anders sein müßte. Daß er dieses andere vor seinem Tod noch erleben wollte und daß dies eine einmalige Gelegenheit sei.

Der alte Dichter erhob sich vorsichtig und spähte durch die Zweige. Da stand sie vor ihm, wenige Meter von ihm entfernt, fast zum Anfassen nahe, da stand sie nackt, schmal, goldhäutig, mit lockigem, dunklem Fell zwischen den Beinen. Da stand sie ganz schamlos, gedankenverloren scheinbar, und spielte mit den Zehen im Uferschlamm.

„Julia!"

Der Gringo war den beiden Frauen offenbar gefolgt.

Es schien dem alten Dichter geraten, sich geräuschlos aus dem Staub zu machen. Nicht auszudenken, was passieren würde, wenn der Gringo ihn dabei erwischte, wie er seine nackte Frau beim Baden beobachtete. Andererseits war es zweifellos einfacher, hier bewegungslos zu verharren, als das Boot zu wenden und stromaufwärts zu staken, ohne gesehen zu werden.

Julia war erschrocken ins Wasser abgetaucht und Mercedes hatte der Urwald verschluckt.

„Was machst du da splitternackt? Zieh dich an und komm ins Haus!"

Er ist wütend, dachte der alte Dichter. Der Anblick der nackten Frau hat ihn nicht im geringsten beeindruckt. Hoffentlich entdeckte er ihn nicht, denn der Gringo war jung, groß und stark. Plötzlich beneidete der alte Dichter ihn heftig. Der Gringo hatte alles, alles. Jugend, Gesundheit, Geld – und zwei Frauen. Sakpata, dachte er, der Gott der Seuchen und Gifte wird es nicht dulden. Er wird die Dinge zurechtrücken, ja, denn das tat er unweigerlich früher oder später. Glück dauert nicht ewig, dafür sorgte er, Sakpata.

„Du hast mich erschreckt", Julias Stimme klang unsicher. „Du siehst doch, ich bade!"

Der Gringo begann, sich zu entkleiden. Sie werden es machen, dachte der alte Dichter zitternd, ganz sicher werden sie es jetzt machen. Sie dürfen mich auf keinen Fall entdecken. Er schnappte nach Luft. Er hatte es noch nie gesehen, in seinem ganzen langen Leben noch nie. Sie würden es machen, vor seinen Augen, fast in seiner Reichweite würden sie es machen!

Der Gringo stürzte sich nackt, mit einem Aufschrei ins Wasser, stürzte sich auf Julia, schlang seine Arme um sie, packte ihren Kopf zwischen beide Hände und ... Julia schlug um sich, spritzte glitzernde Fontainen in die Luft und schrie, kurz und gellend, bis ihr Kopf unter Wasser kam und der Fluß zu kochen schien, zu brodeln vor Arm- und Beinschlägen. Und der Gringo, der Gringo drückte den Kopf der Frau unter Wasser, eindeutig, er drückte ihn unter Wasser. Das war kein Liebeskampf, schoß es dem alten Dichter durch den Kopf, der Gringo war dabei, seine Frau zu ersäufen.

Der alte Dichter stieß das Boot vom Ufer ab und hieb mit aller Kraft das Ruder auf den Hinterkopf des Mannes. Das Holz splitterte und barst. Ganz langsam wandte sich der Gringo um, sah ihn unendlich erstaunt an und sackte ins Wasser.

Julia tauchte auf, prustend, spritzend, nach Luft schnappend.

Sie schien sich nicht zu wundern, ihn zu sehen. Ihre Brüste bebten.

Die Strömung hatte den Einbaum erfaßt und trieb den alten Dichter hilflos, ruderlos flußabwärts.

„Don Camillo!" schrie Julia. „Kommen Sie! Bleiben Sie! Bitte!"

Der alte Dichter hockte in seinem Boot wie gelähmt. Seine schreckgeweiteten Augen sahen die nackte Frau immer kleiner werden, immer kleiner. Sein Kopf war leer. Das Entsetzen hatte jeden Gedanken fortgefegt. Er trieb flußabwärts, ein zerbrochenes Spielzeug seiner Götter.

∽

XVI.

Julia starrt dem Boot nach, sieht es kleiner werden, blasser und hinter der Flußbiegung verschwinden. Gleichmütig gluckst das gelbe Wasser zu ihren Füßen. Ein Mann liegt darin, vielleicht schon tot, vielleicht. Ein heiseres Äffchen schreit herausfordernd in den mittagsstillen Wald hinein.

Hat dieser Mann, ihr Mann, sie wirklich umbringen wollen? Hat Don Camillo ihn wirklich erschlagen? Soviel Tod, soviel Entsetzen.

Hier kann sie nicht bleiben, im Uferschlamm kauernd. Wenn er nun zu sich kommt, auftaucht aus diesen trügerisch friedlichen Wellen, sich auf sie stürzt, tödlich wütend, und ein Ende macht, ein für alle mal und einen neuen Anfang mit der anderen ...

Julia springt auf die Beine. Don Camillo. Sie muß ihn suchen, ihm helfen, ihrem Retter, dem gebrechlichen alten Mann in seinem ruderlosen Boot. Dem Jujumann. Der alles wieder gut machen kann.

Julia steigt in ihre zerrissene Hose, zieht ihr schmutziges Hemd über den Kopf, schnürt ihre Leinenschuhe. Im Haus wartet Charlotte. Wird fragen, fordern, die Initiative ergreifen wie immer. Hat vielleicht Florian losgeschickt, sie zu töten. Wartet darauf, Julia zu töten, natürlich, dazu waren sie hergekommen. Im Urwald verschwindet man leicht. Aber Julia ist noch da, lebt noch und darf deshalb nicht ins Haus zurück. Bald werden sie ausschwärmen, nach den Verschwundenen zu fahnden. Sie muß den Jujumann suchen, seinen

Schutz suchen, ihn zuerst finden, beraten, was zu tun sei, was zu sagen ...

Vor allem weg von hier, sich verstecken, dem Flußlauf folgen, sehen, ob das Boot des alten Dichters ans Ufer getrieben ist.

Der Wald scheint ihr plötzlich freundlich, ein Verbündeter, der Schutz und Deckung gewährt, der ihr umgestürzte Baumstämme zu Füßen legt, auf welchen sie balancieren kann, um sich so nicht durch das tückische Unterholz arbeiten zu müssen. Das hohe Dach der Blätter schützt sie vor der Mittagssonne und die wilden Tiere dösen faul, friedlich und unsichtbar. Sie muß sich nur in der Nähe des Flusses halten, so kann sie sich nicht verirren.

Weiter, weiter, flüstert Julia, weiter, nicht nachdenken, weiter, schnell weit weg von dem Haus, von dem Toten, der ihr Mann war, ein paar Jahre lang, und nun ihr Mörder, beinahe ihr Mörder ... Julia hält einen Augenblick inne, schnappt nach Luft, entsetzt.

Aber nein, flüstert sie, eindringlich, nein, geh weiter, es war sie, das weißt du doch, sie, die all das Unglück über uns gebracht hat, die den bösen Blick hat. Sie hat ihn dazu gebracht, er war nicht mehr er selbst, nur ihr Werkzeug. Sie ist es, sie muß vernichtet werden, das habe ich von Anfang an gewußt, dann wird alles wieder gut, vielleicht wird auch Florian wieder lebendig, vielleicht ist er gar nicht tot, alles nur ein Wahn, den mir diese Hexe eingegeben hat ....

Julia springt von Baumstamm zu Baumstamm. Der Wald wird allmählich dichter, dünkler. Wenn sie eine Machete hätte, wie die Eingeborenen. Oder zumindest ein Taschenmesser. Außerdem fühlt sie ein leises Hungergefühl in ihrem Magen nagen. Nicht schlimm, noch nicht, aber sie wird zweifellos irgendwann sehr hungrig werden, und dann ...

Weiter, sagt Julia laut. Weiter. Sie schwitzt und ihr Atem geht schnell. Wie spät mag es sein? Die Sonne geht pünktlich um sechs Uhr unter, Tag für Tag, das ganze Jahr hindurch. Sie kann keine Spur von dem Boot entdecken. Sollte sie rufen? Noch wird man nicht nach ihr suchen.

„Don Camillo!"

Ein Papagei fliegt erschreckt kreischend auf. Julia horcht in den Wald hinein.

„Camillo!"

Die Tiere erwachen. Es gluckst und knistert, es lauscht und liegt auf der Lauer. Besser, sie läßt das Rufen sein. Besser, sie sucht sich einen sicheren Platz für die Nacht. Besser, sie sucht nach etwas Eßbarem, um den ärgsten Hunger zu stillen. Im Urwald verhungere niemand, hat sie immer wieder sagen hören.

Sie wird die Nacht hier verbringen müssen, irgendwo. Die Leute werden mit Fackeln ausschwärmen, um sie zu suchen, sie einzufangen. Boote werden kommen. Sie werden nach dem alten Dichter suchen, nach Florian, nach ihr selbst.

Julia hat sich unwillkürlich vom Fluß abgewandt. Das Dickicht ist mit einem Mal durchdringlich geworden. Jemand scheint vor langer Zeit hier eine kleine Lichtung gerodet zu haben, die längst wieder von Schlingpflanzen überwuchert ist. Julia kann sogar die Reste einer Hütte oder besser eines Verschlages erkennen. Sie schließt die Augen, will sich erinnern, öffnet die Augen, versucht den

Zipfel eines Traumes zu erhaschen, versucht es mit aller Kraft. Dies Bild hat sie schon einmal gesehen. Ein halb zusammengebrochener Unterschlupf aus Bambusrohr mit einem zerfledderten Dach aus Palmwedeln. Sie ist sicher, hier schon einmal gewesen zu sein. Immer wieder flitzt mit Lichtgeschwindigkeit ein winziger Fetzen Erinnerung durch ihren Kopf, viel zu schnell, um ihn festhalten zu können. Ist es nun ein Geruch, ein Geräusch, eine Farbe?

Julia wischt sich den Schweiß von der Stirn. Sie muß die Hütte untersuchen, sie muß es wissen. Was sie sucht, sie weiß es nicht. Der Wald wird mit jeder Minute dunkler, der Himmel blasser. Viel Zeit bleibt ihr nicht. Fast hat sie die Hütte erreicht, da greift eine Schlinge um ihren Fuß, hält ihn fest.

Und Julia stürzt, stürzt mit einem Schrei wie ein Urwaldtier. Ein plötzlicher Schmerz in der Wade, ein gewaltiger Stich, nein, Biß, ein gemeiner Schmerz, als triebe man ihr Eisen durch die Adern, durch die Wade, in den Fuß ... Die Tränen steigen ihr in die Augen, sie ringt nach Luft, ihr Kopf erglüht.

Das ist das Ende, denkt Julia. Florian ist tot und ich sterbe. Ich kann es nicht glauben, und doch weiß ich, daß es so ist. Wahrscheinlich habe ich schon lange auf den Tod zugesteuert, ohne es zu wissen. Und jetzt, am Ende, wie schnell das geht, wie leicht. Eine kleine grüne Schlange nur, die sich erschreckt hat. Und aus ist es mit unserem so komplizierten und wichtigen Leben. Wie zerbrechlich wir sind. Warum denken wir nie daran. Wie schnell das alles vorbei ist. Wie schade. Es hätte doch noch alles gut werden können.

Wahrscheinlich ist Florian nicht tot. Nur bewußtlos. Wahrscheinlich hat er mich nicht umbringen wollen. Nein. Nur spielen. Das Spiel der Erwachsenen. Ich weiß es nicht. Ist jetzt auch egal. Gleich ist es aus mit mir. Irgendwann werden sie mich finden, in ein paar Tagen vielleicht, oder Monaten. Die Tiere werden mich dann schon längst gefressen haben. Vielleicht werden sie garnichts finden. Kleider und Knochen. Und was wird dann mit mir sein? Alles wird genauso weitergehen wie bisher, nur ohne mich. Niemand wird mich vermissen. Der alte Dichter vielleicht. Der wird es bedauern. Wenn er nicht selbst längst tot ist, ertrunken, vom Herzinfarkt gefällt, von einem Tier angefallen ... Wie viele Arten zu sterben es doch gibt. Man muß sich wundern, daß es immer noch so viele Überlebende gibt. Der Schmerz, dieser Schmerz, wie er sich langsam vorarbeitet in meinem Fleisch. Wenn er das Herz erreicht hat, dann ist es aus mit mir. Dann gibt es keine Julia mehr. Wie lange noch. Ein bißchen noch. Bitte.

Was sagen sie, abbinden, bei Schlangenbissen solle man die betroffenen Gliedmaßen abbinden. Am Knie abbinden, wenn ich nur könnte, wenn der Schmerz es nur erlaubte.

Julia richtet sich stöhnend auf. Ihr Hemd. Das Hemd ausziehen und damit das Knie abbinden. Vielleicht kann sie dem Tod so ein paar Stunden abringen, ein paar Minuten vielleicht, sie muß noch an so vieles denken, ja denken, wieso hat sie denn nie genug gedacht, alle die Dinge gedacht, die gedacht werden müssen in einem Leben, und nun reicht die Zeit nicht, nun ist es gleich vorbei,

vorbei, für immer vorbei, das Leben, das Denken, mit einem großen Knall wird alles schwarz werden und die Welt untergehen und sie selbst.

Julia schreit, als es ihr gelingt, sich das Hemd über den Kopf zu ziehen. Sie dreht es mühsam zu einem Strick und windet ihn sich um das Bein. Zwei harmlose rote Punkte an der Innenseite ihrer Wade markieren die Bißstelle. Fester, sagt Julia, fester mußt du das Bein abbinden. Sie greift nach einem Stück Holz, fädelt es durch den Strang aus Stoff und dreht mit aller Kraft an dieser Winde, dreht an gegen den wütenden Schmerz in ihrem Bein, gegen den Tod, gegen das sinnlose Leben hinter ihr.

Es wird dunkler mit jedem Augenblick. Ist dies schon der Tod oder nur der Abend, der zuverlässig den Tag ablöst seit dem Beginn der Zeit. Der Beginn der Zeit, ist es dorthin, wohin die Reise nun geht? Welche Stille. Ist dies schon der Tod oder nur das Atemholen des Waldes, bevor die Nacht die Regentschaft übernimmt?

Julia stöhnt. Ihr heißer Körper dampft in der feuchten Abendhitze. Sie schaudert. Die letzten Augenblicke vor dem Nichts. Dieser Körper, dieser schmerzende, schwitzende, zitternde Körper, er wird sich auflösen. Mein fiebriges Hirn wird mit einem Mal keine Bilder mehr zeigen, nur schwarz, das Schwarz der ewigen Nacht. Wozu waren nun meine Schmerzen und Freuden gut? Umsonst, alles umsonst. Deshalb erfinden sie Religionen.

Stockdunkel ist es geworden. Wolken verhüllen das Gesicht des Mondes. Es riecht faulig und schwefelig. Julia hebt mühselig ihre Hand und legt sie an die Stirn. Heiß. Also lebe ich noch. Atme noch. Höre noch die Affen schnattern, die großen, hungrigen Katzen schleichen, all die durstigen Tiere dem Fluß zustreben. Dieser Wald wird mich fressen. Hat mich schon angebissen. Bald kommen die Ameisen. Die Käfer und Spinnen. Ein Festmahl für die Tiere des Waldes. Wie bin ich nur hierhergekommen, ans Ende der Welt, oder ihren Anfang? Julia, das süße Mädchen, der schlimme Fratz. Die Frau, die die Männer liebte. Und schließlich nur noch einen. Das war der Anfang vom Ende. Du sollst an einen Gott glauben. Das war mein Todesurteil.

Und doch war ich so glücklich vorher, oh ja, glücklich. Diese strahlenden Tage, diese Schwerelosigkeit, geradewegs in den blauen Himmel steigen, diese offene Brust, dieses Singen in der Luft. Das war es doch wert. Oh ja.

Und nun nie wieder. Niemals wieder. Auf mich wartet nur mehr das schwarze Loch des Nichts, der Kälte, des Vergessens. Ein gräßlicher, unersättlicher Rachen. Ewige Einsamkeit. Aus ist es, das Leben, das schöne Leben, das wunderbare Leben, ach, Leben!

Tränen quellen aus Julias Augen, vermischen sich mit den Schweißperlen auf ihren Wangen. Ein dicker Knoten schwillt an in ihrer Kehle.

Ich habe meine Chance gehabt, ich habe sie schlecht genutzt. Zuviel Zeit mit dem Unglücklichsein verbracht, mich gehen lassen, treiben lassen im Unglück. Ich hätte nur wollen müssen. All diese Kleinheiten, Winzigkeiten, ja, diese Charlotten, was sind sie denn nur vor dem Tod! Lächerlich, lächerlich ist alles im Leben außer dem Glück. Das ist es, das ist der Sinn des Ganzen, Glücklichsein. Und nun, wo ich es endlich weiß, rinnt mir dieses

Leben wie Sand durch die Finger, immer schneller, immer weniger Leben. Wenn es einen Ausweg gibt, dann muß ich ihn schnell finden, ich muß nachdenken, so lange nachdenken, bis ich die Lösung gefunden habe. Es bleibt nicht mehr viel Zeit, aber es gibt einen Ausweg! Es ist nicht wahr, daß der Mensch sterben muß. Es darf nicht wahr sein. Ich muß nachdenken, nachdenken ... schnell, schnell muß es mir einfallen, noch im letzten Augenblick besteht die Möglichkeit ...

Julia wirft sich herum, ihre trockenen Lippen zittern.

„Camillo!" schreit sie mit all ihrer Kraft in das abendliche Konzert der Urwaldtiere. „Camillo!"

XVII.

Der alte Dichter schrak entsetzt hoch. Jemand hatte nach ihm gerufen, eine schrille, unirdische Stimme, die ihm die Gänsehaut in den Nacken trieb, eine Stimme, die seine Haare sträubte.

„Camilloooo!"

Die Götter. Die Götter riefen nach ihm. Er hatte getötet, nun kamen sie ihn holen, nun mußte er Rechenschaft ablegen.

Es war ein Unfall, heulte der alte Dichter. Oh nein, du hast einen Rivalen aus dem Weg geräumt. Nein! Es war Notwehr! Daß ich nicht lache, wer hat dich denn angegriffen? Nicht mich, sondern die Frau! Angegriffen, da bist du dir aber gar nicht sicher ... Doch, doch, er wollte sie ersäufen! Wollte er sie nicht doch eher vögeln? Nein, sicher nicht, dazu hat er ja die andere! So, seit wann ist das ein Grund? Er hätte sie getötet, wenn ich nicht dazwischengehauen hätte! Ah, also auch noch ein Held ... Das habe ich nicht gesagt. Es hat dir aber ganz gut in den Kram gepaßt, diese Lebensrettung unter Beseitigung deines Rivalen! Ist er denn wirklich tot? Wie hättest du es denn gerne? Es wäre entsetzlich, wenn er tot wäre. Warum? Weil ich einfach kein Mörder bin. Ist das alles? Es wäre noch viel entsetzlicher, wenn er lebte. Das ist das erste ehrliche Wort, das ich von dir höre. Und nun, was soll nun werden?

„Camilloooo!"

Sie rufen dich, geh ihnen entgegen. Nein, nein, ich will fliehen, mich verstecken ... Mach dich nicht lächerlich. Das ist ihr Wald, nicht deiner, wohin

willst du denn fliehen und wie? Vielleicht flußabwärts, dem Meer zu ... Sei nicht kindisch, sie
werden dich überall finden! Ja. Sie rufen dich, also
geh. Du bist verantwortlich. Ja, ich bin verantwortlich, obwohl ich es nicht verstehe. Das ver-
langt niemand von dir. Und was soll ich nun tun?
Mach das Boot fest und geh den Schreien nach. Ich
gehorche.

„Camilloooo!"

Der alte Dichter zuckte zusammen, riß die Augen
auf und schüttelte heftig den Kopf, als wolle er
einen Alb loswerden.

Vorsichtig stieg er aus dem Kahn ins seichte Ufer-
wasser und zog unter Aufbietung all seiner Kräfte
den Bug an Land. Als er das Boot halb auf dem
Trockenen und zudem noch mit Schlinggewächs
zuverlässig vertäut hatte, ließ er sich keuchend in
den Uferschlamm sinken. Er fühlte sich plötzlich
zu alt für all das. Zu müde für dieses galoppierende
Leben. So vieles war geschehen in so kurzer Zeit.
Plötzlich schien die Zeit sich zu überstürzen, hier
im Wald. Vielleicht, weil die Götter hier zu Hause
waren. Sie waren ganz nah.

„Camilloooo!"

Es gab kein Entrinnen. Wie töricht war es
gewesen, auch nur daran zu denken. Der alte
Dichter rappelte sich stöhnend hoch und begann,
sich mit bloßen Händen den Weg zu bahnen durch
das tropfende Geschling, die Luftwurzeln, die nach
ihm griffen, die fleischigen weißen Blüten, die ihn
lockten, die klebrigen Farne, die lasziv an ihm
vorbeistrichen. Er drang ein in den Wald wie in
eine Frau, langsam, tastend, beharrlich. Er hatte
keine Eile. Seine Götter warteten.

„Camillo!"

Das klang plötzlich schwach. Das klang menschlich und ganz nahe. Aber es kam vom Opferplatz. Was war Mensch, was war Gott, wer konnte das sagen. Wo verlief die Trennlinie? Vielleicht hatte Sakpata sich seiner bedient, als er dem Gringo aufs Haupt schlug. Dann war es Sakpata gewesen, der ihn tötete, der Gott der Seuchen. Der Gott des Todes. Warum hatte Sakpata ausgerechnet ihn, Camillo, der so gerne lebte, erwählt? Warum ihn, den Dichter, zum Yuyumann gemacht, zum Mittler zwischen Lebenden und Toten?

Plötzlich öffnete der Wald sich und vor ihm lag der Opferplatz wie eine Bühne. Es dämmerte bereits und er konnte gerade noch den Umriß der verfallenen Hütte erkennen. Von dort kam ein Stöhnen, ein Schluchzen, haltloses Wimmern.

„Julia!"

Er fand sie, halbnackt an den Bambusstäben der Hütte lehnend. Ihr Atem ging schwer. Doch sie schien ihn zu erkennen. Lächelte sie? Sie öffnete die Lippen, langsam, mühsam.

„Durst."

Er ließ sich neben der Frau auf die Knie und legte seine Hand auf ihre Stirn. Sie glühte. Ihre Augen sahen durch Schleier in eine andere Welt. Sie war den Göttern sehr nahe.

Der alte Dichter beugte sich zu ihr herab und begann, ihren trockenen, spröden Mund zu lecken. Er befeuchtete ihre Lippen mit seiner Zunge, sammelte seinen Speichel und gab ihn ihr zu trinken. Sie kam ihm entgegen, dankbar, leckte an

166

seiner Zunge wie ein Säugling. Es war alles, was er für sie tun konnte.

Der alte Dichter strich über das blondes, feines Haar, welches nun strähnig und verwirrt über ihr Gesicht fiel.

„Was ist denn passiert? Nein, sprich nicht, das strengt dich zu sehr an. Wie kommst du denn hier her? Ganz allein?"

Ihr Kopf deutete auf ihr Bein und da sah er es, das Hemd, die dunkle Stelle an der Wade, die geschwollene Fessel, die zwei winzigen, roten Bißstellen.

„Hilf mir."

Sie öffnete die Lider und er sah, wie ihre Augäpfel zur Seite kippten, wie sie sie mühselig wieder einfing, versuchte, sie auf ihn zu richten und wie sie wieder wegsackten. Ohne Hoffnung beugte er sich nieder zu ihrem Bein und begann an der winzigen Wunde zu saugen. Zu saugen, auszuspucken, zu saugen und wieder auszuspucken. Er meinte, alles Blut aus ihrem Körper zu ziehen. Es war anstrengend. Es schmeckte nach Tod. Und wahrscheinlich war es auch sinnlos. Längst hatte sich das Gift auf die Reise durch ihren Körper begeben. Rosario war so schnell gestorben. Nun, sie war eine alte Frau gewesen. Wenn Jaime nun mit dem Boot käme ... er würde rufen, sie würden Julia ins Haus bringen, dort gab es Serum ... Aber das Bein würde man ihr abnehmen müssen. Kein schöner Gedanke.

Sie ließ ihren Kopf auf seine Schulter sinken. Er strich ihr das Haar aus dem Gesicht, dieses Haar, von dem er so lange geträumt hatte. Und er begann zu sprechen, gegen ihre Angst anzusprechen.

„Die Schlange hat dich also gebissen. Hab keine Angst. Die Schlange ist die Brücke zwischen Himmel und Erde. So wie der Jujumann die Brücke ist zwischen Lebenden und Toten. Du bist jetzt verzweifelt und voller Furcht. Das warst du immer, seit ich dich kenne. Aber es gibt nicht nur die Seite der Dinge, die du siehst. Vielleicht siehst du etwas ganz Falsches. Es fällt mir sehr schwer, zu dir vorzudringen, aber was ich sehe, ist: du teilst dich in Vergangenheit und Zukunft. Du siehst nicht, daß immer jetzt ist, jetzt, jetzt, jetzt. Das allein ist wichtig, sonst verlierst du das Leben, ohne es gelebt zu haben. Man darf dem Augenblick nicht davonlaufen, nicht nach vor und nicht zurück. Das fällt dir sehr schwer, du hast es kaum je getan. Auch jetzt denkst du: was wird sein. Du denkst an das, was gewesen ist. Laß das. Konzentriere dich auf jeden Augenblick Leben. Niemand weiß, wieviele ihm noch bleiben."

Julia keuchte. Der alte Dichter bettete ihren heißen Kopf an seine Schulter. Ein leiser, warnender Luftzug vom Fluß her ließ ihn zu dem in den Wald gehauenen Stückchen Himmel aufblicken. Dicke, schwarze Wolken ballten sich da. Er konnte den kommenden Regen riechen.

„Es kommt Shango, der Gott des Donners", murmelte der alte Dichter. „Er sendet Blitze nach den Menschen, die Unrecht getan haben. Hab du keine Angst. Dir wird er deinen Durst stillen."

Es roch nach Erde, nach Verwesung und Verdauung. Und aus dem Bauch der Erde erhob sich der Wind, schwoll an mit jeder Sekunde zum Sturm. Er sauste und pfauchte durch die Luft, fuhr wütend in die Bäume und fällte sie krachend, wirbelte Lianengeschling durch die Luft und stieß in seine apokalyptischen Posaunen. Die Erde zitterte wie unter den Hufen eines durchgehenden Pferdes, welches das Unwetter nach sich zog wie einen rumpelnden, tümpelnden, endlich sich überschlagenden Streitwagen.

Schon klatschte ein handtellergroßer Tropfen neben Julia ins Farn. Noch einer. Noch einer. Julia schlug die Augen auf. Der Wald war zu einer schwarzen, krachenden Hölle geworden. Die riesigen Bäume dröhnten unter dem Aufschlag des Regens, der sich wie ein rasch fallender Vorhang vor den Augen der beiden Menschen schloß. Der alte Dichter spürte die heißen Arme der Frau, die sich an ihn klammerte. Er spürte, wie ihre nackten Brüste zitterten, wie sie fror, wie ihre Kräfte schwanden.

Ihm war, als trieben sie steuerlos dahin, inmitten einer Welt von Wasserfällen, reißenden Flüssen und stürmischen Seen. Bösartig zuckten die Blitze über ihm und schlugen krachend in den Fluß. Der Himmel splitterte vor seinen Augen.

Der alte Dichter bettete die Frau sanft in die Farne. Alle Schlangen und Skorpione hatten sich längst zum Mittelpunkt der Erde geflüchtet. Er legte sich halb über sie, um sie mit seinem Körper zu schützen, ihr beizustehen, ihr etwas abzugeben von seiner Lebenskraft.

„Die Welt geht unter", flüsterte Julia.

„Das ist das Herz des Himmels, Huracan."

Der alte Dichter spürte ihren schweren Atem, ihren schweren Kampf. Und er sprach zu ihr, seine Lippen an ihrem Ohr, sprach zu sich, ganz ohne nachzudenken:

„Huracan, heißt es, war da bei der Schöpfung der Welt. Er hat die Schlange zur Erde gesandt, seine Botin. Nun wohnt die Schlange in uns, mit aller Kraft von Huracan. Hast du sie nie gespürt, wie sie zusammengerollt liegt in deinem Bauch? Wie sie sich aufrichtet, wenn du Lust verspürst? Wie sie sich emporwindet, in deine Brust und schließlich in deinen Kopf steigt? Wie sie tanzt und sich dreht? Wie sie schillert, gefährlich, wie sie dich hypnotisiert? Und dann ... Huracan, kennst du ihn wirklich nicht, das Herz des Himmels?"

Sie ließ ihren Kopf gegen den seinen fallen. Einen Augenblick lang dachte der alte Dichter, sie wäre tot. Dann nahm sie ihr mühevolles Atmen wieder auf. Ihre Lippen bewegten sich.

„Zieh mich aus", hauchte sie. „Zieh dich auch aus. Mach es. Huracan."

Der alte Dichter schluckte. Der Hals war ihm eng. Seine alten Augen brannten. Da lag er im Herzen des Waldes, im Herzen des Himmels. Am Ziel seiner Wünsche. Mit Hilfe der Götter. Er schluchzte. Wenn er ihr nur ein bißchen von dem kläglichen Rest seiner Lebenszeit abgeben könnte.

„Ich kann nicht", schluchzte der alte Dichter.

Sie stieß scharf Luft durch die Nase aus, ungeduldig, mißbilligend.

„Komm schon. Bitte."

Der alte Dichter schauderte. Die Götter hatten seinen größten Wunsch erfüllt – sie hatten ihn mit größtmöglicher Grausamkeit erfüllt. Er konnte nicht, konnte es nicht, konnte ihr auch nicht sagen, daß ihm graute, daß es ihn ekelte vor der Nähe des Todes. Daß es ihm wie eine Schändung vorkäme, eine viel schlimmere Schändung als die einer Frau.

Eine Beleidigung des Todes. Die Beschwörung des Lebens vor seinem Angesicht. Welch eine Herausforderung der dunklen Mächte. Sie würden ihn zerschmettern wie ein Streichholzfigürchen. Ihn auslöschen und zertreten in ihrer maßlosen Wut.

„Ich kann nicht. Es ist unmöglich", heulte der alte Dichter gegen den Sturm.

Sie wälzte sich stöhnend zur Seite, um ihm ins Gesicht zu sehen. Ihm war, als stürzten sie, einander umklammernd, einen endlosen Wasserfall hinab. Unten angekommen, würden sie beide fraglos zerschellen.

„Jetzt!" preßte die Frau hervor. Ihre Zähne schlugen aneinander.

Und wenn es doch funktionierte? Wenn es die Wunder gäbe, von welchen immer die Rede war? Wenn es nun gelänge, diesen stärksten Lebensnerv anzuzapfen, diesen Quell der Kraft, diese Energie sprudeln zu lassen? Wenn dies nun die Rettung sein könnte? Und er hätte es nicht einmal versucht? Aus Angst, aus Angst vor dem Tod, aus Angst vor Tabus aus einer anderen Welt? Wenn sich nun der alte Dichter als kleinmütiger Feigling herausstellte, nach einem langen Leben voller großer Worte?

Der alte Dichter löste vorsichtig die Hosen von den Hüften der Frau. Sein Kopf versank weinend in ihrem Schoß. Der Regen trommelte gleichmütig auf das nackte Fleisch der Menschen.

❧

XVIII.

Julia zwingt sich, die Augen zu öffnen. Es heißt doch Augenblicke. Meine letzten Augenblicke. Die Gegenwart leben. Nicht an den Tod denken. Nicht an das Leben. Jetzt. Nur jetzt.

Jetzt fällt der Regen friedlich, fast freundlich. Streichelt mir heimlich die Haut, kühlt das pochende Blut. Kein Schmerz bohrt mehr in mir. Ich bin nur schwach, so schwach und leicht. Ist das der Tod, ist das sterben? Diese Gleichgültigkeit, die sich breit macht, als gehe all dies mich nichts mehr an ...

Wie dunkel es ist. Kaum ahne ich den Kopf des Mannes zwischen meinen Beinen. Aber da ist er, dieser ziehende, lockende Ruf aus meinem Geschlecht. Ich kann sie gut spüren, die Schlange tief in meinem Bauch, eingerollt, dreimal geringelt. Wie neugierig sie den Kopf aus mir steckt und züngelt. Ja, schon ist sie erwacht, die Schlange.

Wie damals im hohen, hohen Gras, das in der Mittagssonne duftete, wie damals in dieser sirrenden, trägen Stille. Damals, als man seine Hose noch nicht selbst anziehen konnte. Ausziehen schon. Und einen warmen, goldenen Bach fließen lassen zwischen die Gräser. Wie das läuft und versickert, wie die Ameisen kommen und trinken. Wie ihm die Augen des anderen Kindes folgen. Bewundernde Augen, die an den Quell zurückkehren und verharren. Da hat sich die Schlange erstmals gerührt in meinem Bauch. Und dann wutverzerrte Fratzen im blauen Himmel, zornrote Riesen reißen dich in die Luft an den offenen Hosenträgern, brüllen, drohen, stoßen dich vor sich her mit Geschrei, schließen dich ein, den Henker zu holen. In fieberhafter Not baust du dir eine Burg aus Tischen und Stühlen und Kissen und Kästen, denn schon dröhnen die Schritte des Rächers, des gräßlichen. Die Allmächtigen also wollten die Schlange töten, verjagen oder ihr zumindest die Zähne ziehen. Du aber würdest sie beschützen.

Wieder öffnet Julia die Augen. Sie kann das Gesicht des alten Dichters nicht erkennen, sieht nur sein weißes Haar ausgebreitet auf ihrer Brust. Sie spürt, wie er saugt, nicht als habe sie Milch zu geben, sondern unendlich viel Köstlicheres, pure Lust. Seine Zunge umkreist den harten Knopf auf ihrer Brust, seine Zähne nagen an ihm, ganz zart, eine Aufforderung, mehr zu spenden von ihrem Saft. Er will sie trinken, ihre Lust. Die Schlange hat sich aufgerichtet und sieht sich suchend um.

Und sieht es nicht aus wie eine Schlange, dieses Unaussprechliche, Verbotene, Schmutzige, Schreckliche, dieser Auswuchs, dieses Geschwür? Eine Schlange, die sich hoch aufbäumt, sucht, mit ihrem einen Auge, ihrem glatten, schimmernden Kopf, ihrem Hut aus purpurner Seide? Tanzt diese Schlange nicht so betörend, daß Julia den Blick nicht abwenden kann? Wie sie sich hebt aus dunklem Haargekraus und erwartungsvoll schwankt, gierig, als suche sie, schnüffle, ein Blinder, der nach einer Fährte tappt. Und riecht nach Meer, nach den Gewürzen der fernsten Länder, nach den verbotensten Genüssen, nach Freiheit und Weite, sich zu verlieren.

Julia spürt den Mann zwischen ihren Schenkeln, das Tier, das seine Höhle sucht, am Eingang verharrt, berauschende Weine schlürft und schließlich langsam, langsam in die Tiefe kriecht, in die Dunkelheit.

Ein Mann. Geheimnisvolles fremdes Tier. Unerforschter Stern. Ziel alles Sehnens. Versprechen der Zukunft: ein Mann. All das, was Mann ist: drängende Zunge in meinem Mund, Geruch nach Tabak, harter, fordernder Körper und dieses wilde Tier zwischen seinen Beinen, das harmlos und runzelig schlafen kann, aber auch wild um sich beißen, wenn man es reizt. Ein gefährliches Spielzeug, eine Waffe, dieser unberechenbare, magische Schaft, an dem der Mann hängt. Sie wird es ergründen, das Geheimnis der Schlange, das verdeckte, versteckte, verschwiegene, verschämte Geheimnis des Mannes.

Langsam teilt der alte Dichter Julias Fleisch, ihre Lippen, taucht ein in ihre Säfte, taucht ein und verläßt sie wieder, taucht ein und verläßt sie, so sanft, so beständig, als wiege er ein Kind in den Schlaf. Die Schlange ringelt sich höher in ihrem hypnotischen Tanz. Julia meint, Trommeln zu hören. Oder ist es nur das Pochen ihres Blutes in den Schläfen?

Oh, dieses Verlangen, das sie flehen läßt um mehr, mehr, mehr, dieses Verlangen, das sie begleitet hat, seit sie denken kann. Verlangen, das für kurze Zeit nur gestillt werden kann. Verlangen wonach? Nach dem Zittern und Beben und Zucken, nach diesem Krampf – dieser naturgewaltigen Explosion, diesem Blitzhageldonnergewitter, dem Biß der Schlange? Oder nach der Auflösung, nach dem

Schweben im Nichts, der Sattheit, dem endlich besänftigten Verlangen?

Ist es Verlangen nach dem Verlangen der anderen, der Männer? Verlangen, zu sehen, zu fühlen wie ihr harmloser, weicher Wurm sich aufrichtet, hart wird vor Gier, wild vorwärtsdrängt mit seinem einen Auge?

Ist es das Verlangen, die außer sich geraten zu sehen, die in sie geraten? Verlangen nach lustverzerrten Gesichtern, nach dem Stöhnen aus der Tiefe des Leibes heraus, nach dem wilden Duft des Begehrens?

Oder das Verlangen, sich hinzugeben, sich aufzulösen, die wilde Jagd über sich hinwegdonnern zu fühlen und darunter zu erbeben?

Das Verlangen nach dem Nichts? Nach dem Tod?

Julia fühlt den vertrauten Kitzel in ihrem tiefsten Inneren, ein Ziehen und Beben im Zentrum ihres Körpers. Nein, flüstert Julia, noch nicht, noch nicht, eine kleine Weile noch, eine letzte Frist. Ihr Fleisch dehnt sich und zieht sich in sich zusammen, Ebbe und Flut in ihrem ewigen Rhythmus.

Der Mann hält still, staunend vielleicht, wartend. Sie greift ihn und läßt ihn los, immer wieder, bis das Verlangen übermächtig wird und die Schlange in ihrem Bauch hochaufgerichtet zum Angriff ansetzt.

Schlange, denkt Julia, ich habe dich beschützt mein Leben lang. Du weißt es, wie sie hinter dir her waren. Oder vor dir geflohen sind. Oder deine Existenz leugneten. Oder versuchten, dich zu zähmen. Ich nicht. Ich habe dich geschützt und genährt. Nicht verraten und nicht verkauft. Und du hast es mir gedankt, bist schön und schillernd und gefährlich geblieben. Bist nicht zum Regenwurm verkommen wie so viele, die als Schlange geboren werden. Wenn ich also sterben muß, werde ich mit einer lebendigen Schlange im Bauch sterben.

Der Mann weint. Schluchzend stößt er in sie. Wütend, immer wieder. Trotzig, mit all seiner Kraft. Er hat es sich so sehr gewünscht, denkt Julia, ich weiß es. Aber es bleibt mir keine Zeit, an ihn zu denken. Ich muß im Augenblick verweilen, im jetzt, dem einzigen, was mir noch bleibt, der Lust, der letzten.

All diese Männer. Schüler, Lehrer, Patienten, Ärzte, Dichter, Leser, Schauspieler, Publikum, Unbekannte. Die Schlange hat sie gewählt und die Schlange hat sie verlassen. Waren sie wichtig gewesen? Kaum. Aber ich habe nicht ohne sie zu leben vermocht, nicht ohne sie zu leben gewünscht. Mit Frauen war das anders. Die haben die Schlange nicht geweckt, was immer ich auch mit ihnen trieb. Die Lust glitt ab an meiner Haut und in meinem Bauch döste friedlich die Schlange, die stets nach dem Anderen gierte, nach dem Fremden, Geheimnisvollen. Die mit dem Tier spielen wollte, es reizen, zur Wildheit reizen, zur Wut, bis es das Spiel vergißt und sich als Raubtier auf sie stürzt, um ihr alles heimzuzahlen, die Spiele und Neckereien, die Lockung und den Entzug.

Ein Dröhnen erfüllt die Luft. Das Blut flieht aus ihrem Kopf. Sie öffnet sich weit, weit, strömt dahin auf ihren Säften, singt hohe Töne in die Luft, schluckt, schmatzt, schnaubt, vergißt zu atmen, schnappt nach Luft. Die Schlange ist ihr bis in den Kopf gestiegen, sie behaust den ganzen Leib, schwingt vor und zurück, kreist ungeduldig, hungrig, durstig, zieht sich zusammen wie von Zitrone, juckt, stichelt, fordert, läuft heiß an und schmilzt.

Es haucht, es brüllt: gib, gib mir mehr, gib mir doch, reib mich doch, wie unerträglich, wie unwiderstehlich, oh bittebitte bittebitte, diese Berührung, diese Reibung, diesen Druck, auf daß ich platze wie ein reifer Granatapfel, denn nur das möchte ich noch, mich in glitzernden Perlen verströmen ...

Julia schwingt sich über den Mann und sieht sein Gesicht: den weit offenen Schlund. Sie kniet über ihm wie eine Priesterin, wie eine Göttin und hält ihn zwischen ihren Schenkeln. Sie senkt sich herab und hält dieses nun wütend harte, blinde, glatte, gierige Tier an den Eingang der Höhle, läßt es suchen und doch nicht ein, heißt es die vordere, heißeste, wildeste Stelle lecken, den Nabel der Lüste, jenes nackte, begehrliche Fleisch, das sich dem Fleisch entgegenreckt. Sie läßt die Geschlechter sich aneinanderdrücken und schmiegen wie zwei ungeduldige, siegessichere Katzen, führt den Schaft des Mannes hin und her in ihren Schluchten, bis er plötzlich in den Eingang sich drängt, gleitet und schlüpft, seinen Weg sucht bis ins Innerste, Oberste. Er drückt gegen weiche, saugende, schmatzende Wände, reibt sich an tropischen Pölstern, treibt und reibt vorwärts, vorwärts, der Mitte zu.

Julias Schenkel öffnen sich weit, spreizen sich breit über dem Mann, ihr Körper sinkt. Wieder umfaßt sein Mund eine ihrer Brüste mit Saugen und Zähnen, sie wächst und bläht sich auf, ein

Riesenweib mit geil fordernden Riesenbrüsten und ragenden Hinterbacken, Backen, die gepackt, gekrallt werden wollen. Ein Weib wird Julia aus wulstigen, haarigen Lippen und einem glitschigen Reibesaugemaul, ein schlingender Schlund, nasses, rohes Fleisch, das zerrissen und gefressen werden will.

Immer drängenderes hin, her, hin, vor und zurück, ein Singen, ein Zittern und Ziehen, ein schneller, schneller treibendes Brennen, ein Sieden und Drängen, eine Not und da endlich der Stich, der Biß der Schlange, durch Mark und Bein, das Feuer, das aus dem Krater schlägt, die Flutwelle, die über ihr bricht, die Erde, die sich unter ihren Füßen öffnet.

Ein verebbendes Beben, das durch ihren Körper läuft. Sie ruht. In Frieden. Nebel ziehen auf.

❧

XIX.

Es hatte längst aufgehört zu regnen. Die Tiere steckten vorsichtig ihre Nasen aus den Verstecken und kreischten und schnatterten die Dämmerung herbei. Mit jedem Augenblick traten die Bäume deutlicher hervor aus den Schleiern der Nacht. Bald würde der bleierne Himmel sich rot färben über ihren Köpfen.

Der alte Dichter richtete sich stöhnend auf. Rings um ihn dampfte die Erde. Ja, es tagte bereits. Unbarmherzig begann die Wirklichkeit ihre Zahnräder wieder in Bewegung zu setzen.

Widerstrebend, knirschend griff eines ins andere.

Julia lag vor ihm, nackt und bleich unter der sonnengebräunten Haut, lag mit geschlossenen Lidern in ihrem Bett aus Farn und Regenperlen.

Der alte Dichter dachte, sie sei die schönste Frau, die er je erblickt habe. Das rosa Morgenlicht verwandelte sie in eine Märchenfee, eine Elfe, eine Nixe, ein Wesen aus einer anderen Welt, eine Göttin vielleicht.

Sie lag so ruhig da, ernst und gefaßt. Sie atmete kaum.

Nein. Das nicht. Der alte Dichter riß ein Farnzweiglein ab und hielt es unter ihre Nase. Es zitterte leise. Er griff nach ihren Handgelenken. Wo war nur der Puls zu spüren? Es pochte unter seinen Daumen, er war sich dessen fast sicher.

Er mußte sie nach Hause bringen. Es hatte keinen Zweck, auf Jaime zu warten, während die Frau immer schwächer wurde.

Ich muß es schaffen, sagte sich der alte Dichter. Ich bin stark, ich bin der Jujumann. Alle Götter werden mir helfen. Sie haben mir in der Nacht geholfen. Sie haben die Schlange geschickt, um meinen sehnlichsten Wunsch zu erfüllen. Sie sind mit mir. Sie werden mich jetzt nicht im Stich lassen.

Der alte Dichter fuhr voll neuer Energie in seine nassen Kleider und machte sich daran, auch die Frau anzukleiden. Doch ihre Glieder waren schwer, sie kam ihm kein bißchen entgegen. Im Gegenteil, fast schien sie sich zu wehren. Nach kurzer Zeit war der alte Dichter schweißgebadet.

Die aufgehende Sonne hatte Feuer an den Himmel gelegt. Er wußte, wenn er versuchen wollte, sie nach Hause zu schaffen, mußte er das sofort tun. Bald würde die Hitze des aufsteigenden Tages jede Anstrengung unmöglich machen.

Er mußte die Frau zum Boot schaffen und dieses mittels eines geeigneten Astes flußaufwärts staken, Richtung El Paraiso. Mit etwas Glück würde er unterwegs auf ein anderes Boot stoßen, vielleicht sogar eines mit Außenbordmotor. Und Jaime! Jaime mußte doch nach ihnen suchen. Er würde bald auf ihn stoßen, sagte sich der alte Dichter überzeugt. Jetzt galt es nur, mit der Frau bis ans Ufer zu gelangen.

Er packte sie an den Schultern und richtete ihren Oberkörper auf. Regenrinnsale liefen aus dem Haar über ihre Brüste. Es schien ihm, als versuche sie zu sprechen, die Augen zu öffnen, falle aber immer wieder in ihre Ohnmacht zurück.

„Hilf mit, Julia, hilf mir", sprach der alte Dichter beschwörend auf sie ein. „Du mußt aufstehen, komm, stütze dich auf mich, auf, auf, Julia, wir müssen zum Fluß, komm, alles wird gut werden, ich verspreche es dir, wenn wir es nur bald zum Fluß schaffen, aber du mußt mithelfen, Julia, so, das andere Bein, stütz dich nur auf mich, aber mach dich nicht so schwer, komm, ein Schritt, Julia, bitte, halt durch, nur bis zum Boot, dann kannst du ausruhen, dann haben wir es geschafft, du mußt mithelfen Julia, ein kleines bißchen, ach, du bist so schwer, ach, ich glaube , ich kann nicht mehr ..."

Keuchend sank der alte Dichter auf einen umgestürzten Baumstamm. Julia lag zusammengerollt zu seinen Füßen. Man könnte meinen, sie wäre tot, schoß es ihm durch den Kopf. Wenn man nicht wüßte, daß sie atmet. Ohnmächtig. Auch ich, ohnmächtig. Und wenn sie mir nun stirbt? Wenn sie durch die Anstrengung stirbt? Wenn ich sie nun umbringe mit diesem Unternehmen? Egal, sonst stirbt sie hier langsam. Es ist die einzige Chance. Und wenn ich allein gehe und Hilfe hole? Sie allein hier sterben lassen ... Ich kann es nicht, das kann ich nicht. Nein, weiter.

Der alte Dichter ergriff die Frau an den Handgelenken und zerrte sie hinter sich her. Er meinte, sie stöhnen zu hören.

„Ein paar Meter noch", keuchte er, „es kann nicht mehr weit sein".

Er konnte das träge Glucksen des Flusses hören, seinen modrigen Geruch riechen und schließlich seine senfgelben Wasser sehen. Der alte Dichter sank in die Knie, welche sich tief in den Uferschlamm drückten. Tränen schossen ihm aus den Augen. Die Götter hatten ihn nicht verlassen.

Neben ihm im Schlamm lag Julia, nackt, blutig zerkatzt und über und über dreckbeschmiert. Er überlegte kurz, ob er sie im Fluß waschen sollte, verwarf den Gedanken aber sogleich. Es wäre eine unnötige Anstrengung gewesen und der alte Dichter fühlte das Ende seiner Kräfte nahe. Es würde schwierig genug sein, die Frau in das Boot zu schaffen.

„Komm, Julia", keuchte er, während er ihren Oberkörper gegen den Einbaum lehnte, „eine allerletzte Anstrengung noch, komm, richte dich auf, damit ich dich ins Boot legen kann, dann ist es vorbei, dann mußt du dich nie mehr anstrengen, ich verspreche es dir, komm, hilf mit, das noch, und dann hast du Ruhe, komm, nimm dich zusammen!"

Schließlich sank sie in den Kahn wie eine Gliederpuppe. Der alte Dichter streckte ihre Beine aus und bettete ihren Kopf auf die Ruderbank im Bug.

Nun hieß es, einen geeigneten Stock zum Staken zu finden. Er riß Büschel von Farnwedeln aus, um wenigstens den Kopf der Frau weicher zu betten und ihren geschundenen Körper zu bedecken. Mehr und mehr Farn häufte er in das Boot, während er nach einem Stock suchte. Er wandte dem Einbaum den Rücken zu, als er das Holz im Schlamm knirschen hörte, die Wasser des Flusses glucksen wie ein verhaltenes Lachen und als er sich umwandte, trieb das Boot bereits der Flußmitte zu, dem Meer zu, trieb stätig und behäbig dahin, legte immer mehr Wasser zwischen sich und den alten Dichter am Ufer und es war ihm, als habe die Frau noch einmal die Augen aufgeschlagen und ihm ihren letzten Blick geschenkt. Aber da war das Boot natürlich schon viel zu weit abgetrieben gewesen, um derlei erkennen zu können.

☙

XX.

Als der alte Dichter wieder zu sich kam, lag er in
dem breiten Ehebett seines Schlafzimmers in El
Paraiso. Esperanza, die Frau seines Sohnes Jaime,
hatte das Moskitonetz zurückgeschlagen. Ihr
gütiges, ein wenig derbes Bauerngesicht schwebte
über seinen Augen.
„Espere, wie bin ich heimgekommen?"
„Ruhig, Papa, du hast lange geschlafen, warst
völlig erschöpft. Jaime hat dich in der Nähe seiner
Schlangenzucht gefunden. Er hat dich die ganze
Nacht gesucht, aber nicht dort, denn er dachte, du
machtest dir nichts aus Schlangen."
Er genoß den Geruch der frischen, weißen
Bettwäsche. Wie sauber und gepflegt ihm nun das
ganze Haus erschien. Ach, diese Ruhe, dieser
Frieden, diese Freundlichkeit!
Esperanza beugte sich lächelnd über ihn.
„Wie fühlst du dich? Ich bin so froh, daß du
aufgewacht bist!
Du mußt hungrig sein."
„Vor allem könnte ich einen guten Schluck
gebrauchen!"
Esperanza lachte.
„Gottseidank, jetzt bin ich sicher, daß alles in
Ordnung ist!"
Lachend ging sie aus dem Zimmer. Die Stille und
die schräg durch das Fenster einfallenden
Sonnenstrahlen sagten ihm, daß Siesta war. Er
hörte Murmeln auf der Terrasse und gleichmäßig
unter dem Schaukeln einer Hängematte knir-
schendes Gebälk.

Kurz darauf öffnete Jaime die Tür und trat mit einer Flasche Rum und zwei Gläsern ans Bett.

„Esperanza meint, du solltest jetzt besser etwas essen. Aber ich denke, wir sollten erst einmal auf den glücklichen Ausgang deines Abenteuers anstoßen!"

Es war der älteste, beste Rum, der in El Paraiso vorrätig war, der alte Dichter wußte dies ganz genau. Sein sanftes, samtiges Feuer glitt ihm langsam die Kehle hinab.

„Aber das nächste Mal solltest du Bescheid sagen, bevor du allein losziehst. Wir sind hier schließlich nicht in der Stadt. Im Dschungel kann man leicht verschwinden ..."

Der alte Dichter richtete sich im Bett auf. In dieser friedvollen, häuslichen Atmosphäre schien es ihm fast abwegig, die Fragen zu stellen, die sich ihm aufdrängten.

„Und ... die anderen?"

Jaime blickte erstaunt von seinem Glas hoch. Und Jaime war unfähig zur Verstellung.

„Welche anderen? Du meinst, die Gringa, die mit dir gekommen ist? Die ist mit Merce zurück in die Stadt. Ist wohl nichts für Gringos, das Leben hier."

Ich muß auf der Hut sein, darf mich nicht verraten, darf nicht zu interessiert erscheinen, dachte der alte Dichter.

„Ach ja. Natürlich. Gringas. Und die anderen?"

„Die Nachbarn? Längst wieder auf ihren Fincas, natürlich. Was dachtest du? Papa, ist dir nicht gut?"

„Ich sollte vielleicht wirklich lieber einen Bissen essen."

Die kleine Ofelia brachte gebratene Kochbananen mit dem Hinweis, man würde heute früher als sonst zu abend essen. Er hielt sie an der Hand zurück.

„Wann sind denn die Gringos abgereist?"

Ofelia lachte.

„Welche Gringos, Señor? Die Señora, die Sie mitgebracht haben? Mercedes hat gesagt, sie müsse dringend heim. Ich habe noch beim Packen geholfen. Es war ja nicht viel. Ging alles ganz schnell."

„Aber wer hat sie denn in die Stadt gefahren?"

„Keiner war da. Also hat Merce eines der Boote mit Motor genommen und ist selbst gefahren. Sie hat gesagt, sie kann das und Sie hätten es erlaubt. Stimmt das nicht?"

Noch nie hatte er die kleine India so gesprächig erlebt.

„Doch, doch. Danke, Ofelia."

Beim Abendessen unternahm er einen letzten Versuch.

„Sind denn die beiden anderen Gringos, ich meine, der Mann und die Frau, die hier Fotos machen wollten ... ich meine, waren sie zufrieden, haben sie gefunden, was sie wollten?"

Jaime und Esperanza sahen ihn an wie man ein Gespenst ansieht. Ofelia ließ einen tönernen Wasserkrug fallen, der wie mit einem grellen Schrei in tausend Splitter zerbrach.

Jaime griff nach der Hand seines Vaters.

„Du hast geträumt, Papa. Hier waren keine Gringos außer der Señora. Und die ist längst abgereist."

Der alte Dichter beschloß, die Sache auf sich beruhen zu lassen. Niemand stellte ihm Fragen. Warum sollte er sich das Leben komplizieren, indem er welche stellte?

Er ließ sich in einer der Hängematten auf der Terrasse nieder und tat einen tiefen Zug aus der Rumflasche. Esperanza und Ofelia trugen das Geschirr zum Bootssteg, um es dort zu waschen. Jaime saß am Eßtisch, schwer über irgendwelche Papiere gebeugt und seine Lippen bewegten sich beim Lesen.

Das Leben ist schön, dachte der alte Dichter. Wahrscheinlich habe ich alles nur geträumt. Aber wann fing der Traum an, endete das Leben? Habe ich eine Vision gehabt, die Traum und Leben gleichzeitig ist? Die Götter, vielleicht? Es spielt keine Rolle mehr. Jetzt bin ich wunschlos. Einen letzten Schluck noch, dann gehe ich schlafen, schlafen ...

Der alte Dichter schrak hoch, als er das Tuckern eines Außenbordmotors vernahm, der beinahe die hellen, harten Rufe der Gringos übertönte.

☙